L'IRLANDAIS

DU MÊME AUTEUR
aux Éditions Albin Michel

L'aigle s'est envolé
Avis de tempête
Le Jour du jugement
Solo
Luciano
Les Griffes du diable
Exocet
Confessionnal

JACK HIGGINS

L'IRLANDAIS

ROMAN

Traduit de l'anglais par
France-Marie Watkins

Albin Michel

Édition originale anglaise
« A PRAYER FOR THE DYING »

Collins, 8 Grafton Street, London

Traduction française

22, rue Huyghens 75014 Paris

ISBN 2-226-03122-7

Pour Philip Williams, l'expert.

1

Fallon

Quand la voiture de police tourna au coin de la rue, Fallon se glissa instinctivement dans une embrasure de porte en attendant qu'elle passe. Au bout de deux ou trois minutes, il reprit son chemin, relevant son col car il commençait à pleuvoir.

Il descendit vers les docks en rasant les murs, les mains profondément enfoncées dans les poches de son trench-coat bleu marine ; ce petit homme brun — il ne mesurait pas plus d'un mètre soixante-cinq — avait l'air de dériver, plutôt que de marcher.

Un bateau glissait sur l'eau, faisant retentir sa corne de brume, nostalgique, sinistre — on eût dit le dernier des dinosaures traversant quelque marécage antédiluvien, seul dans un monde étranger. Le bruit convenait parfaitement à l'humeur de Fallon.

Au bout de la rue, face à l'autre rive du fleuve, il y avait un entrepôt. L'enseigne annonçait *Janos Kristou, importateur*. Fallon ouvrit la petite porte du portail principal et entra.

Le bâtiment était bourré de ballots et de caisses de toutes sortes. Il faisait très sombre mais il y avait une lumière tout au fond vers laquelle Fallon se dirigea. Un homme était assis à une table à tréteaux, sous une ampoule électrique ; il écrivait laborieusement dans un grand registre à l'ancienne. Les rares cheveux qui lui restaient se hérissaient en une petite frange d'un blanc sale. Il portait une vieille veste en peau de mouton et des gants de laine.

Fallon fit encore un pas prudent. Le vieux demanda sans tourner la tête :

— Martin, c'est toi ?

Fallon avança dans le cercle de lumière et s'arrêta à côté de la table.

— Salut, Kristou.

Par terre, il y avait une caisse au couvercle décloué. Fallon le souleva et retira un fusil-mitrailleur Sterling couvert de graisse protectrice.

— Toujours dans la course, à ce que je vois. C'est pour qui, ça ? Les Israéliens ou les Arabes, ou est-ce que tu as vraiment commencé à prendre parti ?

Kristou allongea le bras, lui reprit le Sterling et le remit dans la caisse.

— Ce n'est pas moi qui ai fait le monde comme il est, dit-il.

— Peut-être pas, mais tu l'as bien aidé à le devenir, répliqua Fallon en allumant une cigarette. Paraît que tu veux me voir ?

Kristou posa sa plume et le considéra, l'air calculateur. Il avait un visage de vieillard, la peau ridée couleur de vieux parchemin mais ses yeux bleus restaient vifs et intelligents.

— Tu n'as pas trop bonne mine, Martin.

— Je ne me suis jamais senti mieux, assura Fallon. Alors ? Et mon passeport ?

Kristou sourit aimablement.

— Tu m'as l'air d'avoir besoin de boire un coup. (Il prit dans un tiroir une bouteille et deux gobelets de carton.) Du whisky irlandais, le meilleur. Rien que pour que tu te sentes comme chez toi.

Fallon hésita puis il prit un des gobelets. Kristou leva l'autre.

— Puisses-tu mourir en Irlande. C'est pas ça qu'on dit ?

Fallon avala le whisky et écrasa le gobelet de carton dans sa main.

— Mon passeport, répéta-t-il doucement.

— Dans un sens, ce n'est plus de mon ressort, Martin. J'entends par là, vu que maintenant tu es tellement demandé dans certains milieux, ça change tout.

Fallon contourna la table et resta un moment tête basse, les mains enfoncées dans les poches de son trench-coat bleu marine. Enfin, très lentement, il leva des yeux vides, brûlants, dans sa figure blanche.

— Si tu cherches à faire monter les enchères, vieux débris, tu perds ton temps : je t'ai donné tout ce que j'avais.

Le cœur de Kristou fit un bond. Il sentit un mouvement glacé dans son ventre.

— Dieu me pardonne, Martin, avec un capuchon tu aurais l'air de la Mort en personne.

Fallon demeura immobile, ses yeux noirs fixés dans le vague. Tout à coup, il se retourna comme pour partir.

— Il y a un moyen, dit vivement Kristou.

Fallon hésita.

— Et qu'est-ce que ce serait ?

— Ton passeport, une couchette à bord d'un cargo quittant Hull pour l'Australie dimanche soir... Et deux mille livres dans ta poche pour repartir à zéro.

Fallon s'écria :

— Qu'est-ce que je dois faire ? Tuer quelqu'un ?

— Précisément.

Fallon rit tout bas.

— Tu n'arrêtes pas de faire des progrès, Kristou. Je te jure, vraiment.

Il prit la bouteille de whisky, vida par terre le gobelet de Kristou et le remplit. Le vieux l'observait ; il attendait. De la pluie tapait aux carreaux, comme si quelqu'un voulait entrer. Fallon alla jeter un coup d'œil dans la rue déserte.

Une voiture stationnait à l'entrée d'une ruelle, sur sa gauche. Pas de lumières, ce qui était intéressant. La corne de brume se fit encore entendre, plus en aval.

— Une sale nuit pour ça, dit-il en se retournant. Mais appropriée.

— Pour quoi, Martin ?

— Oh, pour des types comme toi et moi.

Il vida le gobelet d'un trait, revint vers la table et le posa devant Kristou, avec soin.

— Très bien, dit-il. J'écoute.

Kristou sourit.

— Ah, tu deviens raisonnable.

Il ouvrit une chemise, y prit une photo et la fit glisser sur la table.

— Jette un coup d'œil à ça.

Fallon la ramassa et la dirigea vers la lumière. Elle avait été prise dans un cimetière et l'on voyait au premier plan un assez curieux monument. Une statue en bronze d'une femme en train de se lever de son fauteuil comme si elle s'apprêtait à franchir la porte entrouverte encadrée par deux colonnes de marbre, derrière elle. Un homme en pardessus foncé, tête nue, avait un genou en terre devant elle.

— Et maintenant ceci, dit Kristou en montrant une autre photo.

La scène était la même, à un détail près. L'homme

au pardessus foncé était debout, face à l'objectif, son chapeau à la main. Il était solidement charpenté avec un torse et des épaules larges et mesurait au moins un mètre quatre-vingt-sept ou quatre-vingt-dix. Il avait des traits forts, de type slave, avec de hautes pommettes plates et des yeux étroits.

— Il m'a l'air d'un type avec lequel on n'a pas envie de s'attarder, observa Fallon.

— Des tas de gens seraient d'accord avec toi.

— Qui c'est ?

— Il s'appelle Krasko. Jan Krasko.

— Polonais ?

— D'origine, mais il y a longtemps. Il est ici depuis avant la guerre.

— Où, ici ?

— Dans le Nord. On te le dira le moment venu.

— Et la bonne femme dans le fauteuil ?

— Sa mère, dit Kristou en reprenant la photo pour l'examiner lui-même. Tous les jeudis matin, sans exception, qu'il pleuve ou qu'il vente, il est là avec des fleurs. Ils étaient très proches.

Il remit les deux photos dans la chemise et observa de nouveau Fallon.

— Alors ?

— Qu'est-ce qu'il a fait pour me mériter ?

— Ce qu'on pourrait appeler un conflit d'intérêts. Mon client a essayé d'être raisonnable, mais Krasko refuse de jouer le jeu. Alors il faut qu'il disparaisse ; et que ça se fasse aussi publiquement que possible.

— Pour encourager les autres ?

— Quelque chose comme ça.

Fallon retourna à la fenêtre et regarda dans la rue. La voiture était toujours là dans la ruelle. Sans tourner la tête, il demanda :

— Et qu'est-ce qu'il fait au juste comme métier, Krasko ?

— N'importe quoi. Clubs, jeux, paris clandestins...

— Drogue et prostitution ? dit Fallon en se retournant. Et ton client ?

— Là, tu vas trop loin, Martin.

— Bonne nuit, Kristou.

Fallon tourna les talons et fit mine de s'éloigner.

— Ça va, ça va ! fit Kristou, un soupçon de panique dans la voix. Tu as gagné.

Pendant que Fallon revenait vers la table, Kristou ouvrit un autre tiroir et fouilla dedans. Il en retira un autre dossier, l'ouvrit et présenta une liasse de coupures de presse. Il les dispersa, les tria, trouva finalement celle qu'il cherchait et la donna à Fallon.

Les bords de la coupure jaunissaient déjà... L'article, vieux d'un an et demi, était intitulé « L'Al Capone anglais ».

On y voyait la photo d'un homme imposant, lourd, descendant un escalier. Il avait un visage mafflu, arrogant, sous un chapeau noir à bord roulé, et portait un pardessus bleu marine croisé, avec une pochette dépassant de la poche de poitrine. Le jeune homme à côté de lui devait avoir dix-sept à dix-huit ans et il était vêtu de la même façon, mais sans le chapeau ; c'était un albinos et ses cheveux blancs lui tombant sur les épaules lui donnaient une allure d'ange décadent.

Sous le cliché, la légende précisait : *Jack Meehan et son frère Billy quittant le siège central de la police de Manchester, après leur interrogatoire sur la mort d'Agnès Drew.*

— Et qui était Agnès Drew ? demanda Fallon.

— Quelqu'un qui s'est fait tuer à coups de pied dans une ruelle. Les risques du métier ! Tu sais ce que c'est.

— Je peux l'imaginer, dit Fallon en examinant

encore la photo de presse. On dirait deux croque-morts.

Kristou rit aux larmes.

— C'est vraiment très drôle, tu sais. Parce que c'est exactement ce qu'est M. Meehan. Il dirige une des plus importantes entreprises de pompes funèbres du nord de l'Angleterre.

— Quoi ! Pas de clubs, pas de roulette ? Pas de drogue, pas de prostitution ? dit Fallon en reposant la coupure sur la table. Ce n'est pas ce qu'on dit là-dessus.

Kristou se carra contre son dossier, ôta ses lunettes et les essuya avec un mouchoir sale.

— D'accord. Et si je te disais que, maintenant, les affaires de M. Meehan sont strictement légales ? Que des gens comme Krasko font pression sur lui ? Lourdement pression. Et que la police refuse de l'aider ?

— Bien sûr, je comprends tout, dit Fallon. Quand on veut noyer son chien...

— C'est ça. C'est exactement ça ! s'écria Kristou en abattant son poing sur la table, après quoi il remit ses lunettes et regarda avidement Fallon. Alors, marché conclu ?

— Jamais de la vie ! Je ne toucherais pas Krasko ou ton copain Meehan avec des pincettes. Je risquerais d'attraper quelque chose de contagieux.

— Mais enfin quoi, bon Dieu, Martin, qu'est-ce que ça peut faire, un de plus sur la liste ? cria Kristou en le voyant prêt à partir. Combien en as-tu tués, là-bas ? Trente-deux ? Trente-quatre ? Quatre soldats, rien qu'à Londonderry.

Il se leva d'un bond, renversant sa chaise, contourna la table et attrapa Fallon par le bras. Fallon le repoussa.

— Tout ce que j'ai fait, je l'ai fait pour la cause. Parce que je croyais que c'était nécessaire.

— Très noble. Et les gosses dans ce car de ramassage

scolaire que tu as fait sauter et réduits en bouillie ? C'était pour ta cause ?

Kristou se retrouva en travers de la table, une main d'acier à sa gorge, le canon d'un automatique Browning devant ses yeux et, derrière l'arme, une figure blême de démon. Le percuteur fut armé avec un déclic.

Il faillit s'évanouir. Il eut un mouvement d'intestins involontaire. La puanteur se répandit dans l'atmosphère froide de l'entrepôt et Fallon le repoussa avec dégoût.

— Jamais plus, Kristou, gronda-t-il, et dans sa main gauche le Browning ne frémissait absolument pas. Jamais plus.

Le pistolet disparut dans la poche droite du trench-coat. Il tourna les talons et s'en alla, ses pas résonnant sur le sol de ciment. La petite porte claqua.

Kristou se redressa péniblement, les yeux pleins de larmes de rage et de honte. Quelqu'un rit et une voix du Yorkshire, dure et agressive, lança dans l'ombre :

— Ça, c'est ce que j'appelle être vraiment dans la merde, Kristou.

Jack Meehan s'avança vers la lumière, son frère Billy sur les talons. Ils étaient tous deux habillés comme sur la photo, exactement. C'était stupéfiant. Meehan ramassa la coupure de presse.

— Qu'est-ce qui t'a pris de montrer ça ? J'ai fait un procès au fumier qui a écrit ce papier et j'ai gagné.

— C'est vrai, ricana Billy Meehan. Le juge lui aurait bien réclamé des dommages-intérêts mais cette pièce n'existe plus.

Il avait une voix de fausset, désagréable, sans la moindre intonation masculine.

Meehan le gifla d'un revers de main sur la bouche et dit à Kristou, en fronçant le nez de dégoût :

— Va te torcher le cul, bon Dieu. Après on causera.

Quand Kristou revint, Meehan était assis à la table, son frère derrière lui, et versait du whisky dans un gobelet de carton propre. Il le goûta, le recracha et fit une grimace.

— Je sais bien que les Irlandais ont encore un pied dans la tourbe, mais comment est-ce qu'ils peuvent boire cette saloperie ?

— Excusez-moi, monsieur Meehan. Je suis désolé.

— Tu vas être encore plus désolé quand j'en aurai fini avec toi. T'as bien loupé ton coup, hein ?

Kristou humecta ses lèvres sèches et tripota ses lunettes.

— Je ne pensais pas qu'il réagirait comme ça.

— Qu'est-ce que tu croyais ? C'est un cinglé, n'est-ce pas ? Ils le sont tous, là-bas, ça cavale dans tous les coins en tuant des femmes et en faisant sauter des mômes. C'est civilisé, ça ?

Kristou ne trouva absolument rien à répondre mais il fut sauvé par Billy qui dit sans réfléchir :

— Il ne m'a guère impressionné. Un petit nabot comme ça. Sans ce pétard dans sa main, il ne serait rien du tout.

Meehan poussa un gros soupir.

— Tu sais qu'il y a des jours où je désespère vraiment de toi, Billy. Tu viens de voir le diable en personne et tu n'as pas été foutu de le reconnaître. (Il rit encore, de son rire dur.) Tu n'en seras jamais plus près, Kristou. Il était fou de rage contre toi, mon vieux salaud. Assez furieux pour tuer, et pourtant ce flingue dans sa main n'a pas même frémi.

Kristou fit une grimace.

— Je sais, monsieur Meehan. J'ai mal calculé. Je n'aurais pas dû mentionner ces enfants.

— Alors qu'est-ce que tu vas faire ?

Kristou jeta un coup d'œil à Billy, regarda de nouveau son frère, fronça légèrement les sourcils.

— Parce que vous le voulez quand même, monsieur Meehan ?

— Est-ce que ce n'est pas le cas de tout le monde ?

— C'est assez vrai.

Il rit nerveusement et Meehan se leva en lui donnant une petite tape sur la joue.

— Arrange ça, Kristou, comme un bon garçon. Tu sais où je suis. Si je n'ai pas de nouvelles de toi avant minuit, j'enverrai le gros Albert te rendre visite. Ça ne te plairait pas beaucoup, n'est-ce pas ?

Il disparut dans l'obscurité, suivi de son frère. Kristou resta là, terrifié. La porte s'ouvrit et Meehan lui cria :

— Kristou ?

— Oui, monsieur Meehan ?

— N'oublie pas de prendre un bain en rentrant chez toi. Tu pues comme le tas de fumier de ma tante Mary.

La petite porte claqua et Kristou se laissa tomber sur sa chaise, tambourinant nerveusement des doigts sur la table. Il maudit copieusement Fallon. Ce serait bien fait s'il le dénonçait !

A ce moment, l'idée lui vint comme un éclair. La solution idéale... et si simple !

Il décrocha son téléphone, forma le numéro de Scotland Yard et demanda la Branche spéciale.

La pluie avait redoublé et Jack Meehan s'arrêta pour relever son col, avant de traverser la rue.

— Je ne pige toujours pas, dit Billy. Pourquoi est-ce que c'est si important que t'aies Fallon ?

— Un, avec un flingue dans sa main c'est le meilleur. Deux, tout le monde le veut : la Branche spéciale, les SR militaires, même ses anciens potes de l'IRA, ce qui signifie, trois, qu'il est éminemment liquidable ensuite.

— Qu'est-ce que ça veut dire ? demanda Billy alors qu'ils tournaient au coin de la rue pour reprendre leur voiture.

— Pourquoi est-ce que tu n'essaies pas de lire quelques livres nom de Dieu ? Tu ne penses jamais qu'aux souris, on dirait.

Ils étaient maintenant arrivés à la voiture, une Bentley Continental, et Meehan attrapa Billy par le bras pour le retenir

— Attends qu'est-ce qui se passe ? Où est Fred ?

— Un léger traumatisme, monsieur Meehan. Rien de grave. Il fait un somme sur la banquette arrière.

Une allumette craqua dans une embrasure de porte et sa flamme fit surgir de la nuit la figure de Fallon. Il avait une cigarette aux lèvres.

Meehan ouvrit la portière de la Bentley et alluma les phares.

— Qu'est-ce que vous voulez ? demanda-t-il calmement.

— Je voulais simplement vous voir en chair et en os, pour ainsi dire. C'est tout. Bonne nuit, messieurs.

Fallon voulut s'éloigner mais Meehan lui empoigna le bras.

— Vous savez, vous me plaisez, Fallon. Je crois que nous avons beaucoup de points communs.

— J'en doute.

Meehan n'écouta pas.

— Je lisais dernièrement ce philosophe allemand. Vous ne pouvez pas connaître. Il dit que pour mener une vie authentique, ce qui est nécessaire c'est la confrontation résolue avec la mort. Vous seriez d'accord avec ça ?

— Heidegger, dit Fallon. Intéressant qu'il vous plaise. C'était la bible de Himmler.

Il s'éloigna de nouveau mais Meehan vint se placer devant lui.

— Heidegger ? Vous avez lu Heidegger ? s'exclama-t-il avec une réelle stupéfaction. Je double l'offre initiale et je vous trouve un emploi régulier. Je ne peux pas faire mieux, hein ?

— Bonne nuit, monsieur Meehan, dit Fallon, et il se fondit dans l'obscurité.

— Quel homme ! dit Meehan. Quel sacré dur ! Il est superbe, Billy, superbe, même si c'est un foutu Mick ! Allez, viens, rentrons au Savoy. Tu conduis et si jamais tu colles une égratignure à cette tire j'aurai tes joyeuses !

Fallon avait une chambre dans une pension de Hanger Street, à Stepney, presque à l'angle de Commercial Road. Trois kilomètres, pas plus, aussi rentra-t-il à pied malgré la pluie. Il n'avait pas la moindre idée de ce qui allait se passer maintenant. Kristou avait été son unique espoir. Il était fini, ce n'était pas plus compliqué que ça. Il pouvait fuir, mais où ?

Avant d'arriver à destination, il prit son portefeuille et en vérifia le contenu. Quatre livres et un peu de monnaie, et il avait déjà deux semaines de loyer en retard. Il entra dans un bistrot minable pour acheter des cigarettes et traversa la chaussée pour tourner dans Hanger Street.

Le marchand de journaux du coin avait abandonné sa place habituelle pour aller s'abriter de la pluie sous une porte cochère. Ce n'était guère qu'un tas de guenilles, un vieil Irlandais de Londres totalement aveugle d'un œil et passablement myope de l'autre. Fallon lui mit une pièce dans la main et prit un journal.

— Bonne nuit, Michael, dit-il.

Le vieux tourna vers lui son œil blanc laiteux en cherchant à tâtons de la monnaie dans le sac accroché à son cou.

— C'est-y vous-même, monsieur Fallon ?

— Qui veux-tu que ce soit ? Laisse la monnaie.

Le vieux lui saisit la main et compta laborieusement les pièces.

— Vous avez eu des visiteurs au numéro treize, il y a une vingtaine de minutes.

— Les flics ? souffla Fallon.

— Pas en uniforme. Ils sont entrés et ils ne sont pas ressortis. Deux voitures attendent au bout de la rue, une troisième de l'autre côté de la route.

Il compta un dernier penny dans la main de Fallon. Fallon rebroussa chemin vers la cabine téléphonique. Il forma le numéro de son garni et la vieille logeuse décrocha immédiatement. Il appuya sur le bouton et parla.

— Madame Keegan ? Daly, ici. Est-ce que vous voudriez bien me rendre un petit service ?

Il devina immédiatement, à la légère hésitation, à la tension dans la voix, que la supposition du vieux Michael était juste.

— Oh oui, monsieur Daly. Bien sûr.

— L'ennui, voyez, c'est que j'attends un coup de

téléphone à neuf heures. Prenez le numéro et dites-leur que je rappellerai en rentrant. Parce que je ne pourrai jamais rentrer à temps. J'ai rencontré deux vieux amis et nous sommes en train de boire un verre. Vous savez ce que c'est.

Il y eut encore un temps, une brève pause, avant qu'elle réponde comme si on lui avait soufflé ce qu'elle devait dire :

— Oui, bien sûr. Où est-ce que vous êtes ?

— Dans un pub appelé le Grenadier Guard, à Kensington. Mais il faut que je vous quitte, maintenant. A tout à l'heure.

Il raccrocha, sortit de la cabine et s'engouffra sous un porche d'où il avait une bonne vue du numéro treize, vers le milieu de la petite rue.

Quelques instants plus tard, la porte s'ouvrit. Ils étaient huit. Branche spéciale, vu leur allure. Le premier sorti fit précipitamment un signe et deux voitures surgirent de l'ombre au bout de la rue. Toute l'équipe s'y engouffra et elles redémarrèrent aussitôt. Une troisième, qui stationnait de l'autre côté de l'avenue, les suivit.

Fallon traversa et retourna auprès du vieux marchand de journaux. Il ouvrit son portefeuille, en tira ses quatre dernières livres et les lui fourra dans la main.

— Dieu vous bénisse, monsieur Fallon, dit Michael.

Mais Fallon était déjà de l'autre côté de l'avenue et marchait d'un bon pas, en direction du fleuve.

Cette fois, Kristou n'entendit rien du tout. Pourtant il attendait, les nerfs à vif, depuis près d'une heure. Il était assis à sa table, le registre ouvert, la plume serrée dans sa main gantée de laine. A peine perçut-il un pas, un souffle de vent sur de l'herbe, et puis le déclic dur, volontaire, du Browning que l'on armait. Kristou respira profondément pour se calmer.

— A quoi ça servirait, Martin ? dit-il. Qu'est-ce que ça te rapporterait ?

Fallon passa lentement de l'autre côté de la table, le pistolet au poing. Kristou se leva et s'appuya des deux mains sur la table pour se retenir de trembler.

— Je suis le seul ami qui te reste, Martin.

— Fumier, gronda Fallon. Tu m'as collé la Branche spéciale sur le dos.

— Fallait bien ! bredouilla fébrilement Kristou. C'était le seul moyen de te faire revenir ici. C'était pour ton bien, Martin. Tu es comme un mort qui marche. Je peux te rendre la vie. Action et passion, c'est ce que tu veux. C'est ce qu'il te faut.

Les yeux de Fallon étaient des trous noirs dans sa figure blanche. Il leva le Browning à bout de bras et appuya le canon entre les yeux de Kristou. Le vieil homme les ferma.

— Bon, d'accord, si c'est ce que tu veux, vas-y. Qu'on en finisse. C'est une vie, hein, la vie que je mène ? Seulement rappelle-toi bien une chose. Si tu me tues, tu te tues toi-même parce qu'il n'y a plus personne. Pas une seule personne au monde qui fera autre chose que te balancer ou te coller une balle dans la tête.

Un long silence tomba. Il ouvrit les yeux et vit Fallon qui abaissait doucement le chien du Browning. Il était là, les bras ballants, l'arme contre sa cuisse droite, les yeux dans le vague.

— Après tout, dit Kristou avec hésitation, qu'est-ce qu'il est pour toi, ce Krasko ? Un gangster, un assassin. De ceux qui vivent des jeunes femmes... Un cochon.

— Pas la peine d'ajouter des fioritures. Qu'est-ce qu'on fait, maintenant ?

— Il suffit d'un coup de téléphone. Une voiture arrivera dans une demi-heure. Tu seras conduit dans une ferme près de Doncaster. Une bicoque isolée. Tu y seras en sécurité. Tu feras le coup jeudi matin dans le cimetière, comme je t'ai montré sur la photo. Krasko laisse toujours ses porte-flingues à la grille. Il n'aime pas les avoir sur lui quand il a l'âme sentimentale.

— D'accord, dit Fallon. Mais je m'organise moi-même. C'est bien compris ?

— Naturellement. Tout ce que tu veux, dit Kristou en ouvrant un tiroir, pour y prendre une enveloppe. Tu as là cinq cents livres en billets de cinq, pour commencer.

Fallon soupesa l'enveloppe pendant un moment, puis il la glissa dans une poche.

— Et quand est-ce que je touche le reste ? Et le passeport ?

— M. Meehan s'occupera de ça, une fois la chose faite.

Fallon hocha lentement la tête.

— Très bien. Donne ton coup de fil.

Kristou sourit, un sourire où la victoire se mêlait au soulagement.

— Tu as choisi la sagesse, Martin. Crois-moi, c'est vrai... Il y a juste une petite chose, si tu permets ?

— Quoi donc ?

— Ce Browning... pas bon pour toi, pour un boulot comme celui-là. Tu as besoin de quelque chose de plus discret.

Fallon baissa les yeux sur son arme et plissa un peu le front.

— Tu as peut-être raison. Qu'est-ce que tu as à m'offrir ?

— Qu'est-ce que tu aimerais ?

Fallon secoua la tête.

— Je n'ai jamais eu de préférence particulière pour une arme ou une autre. On risque de s'accrocher une image de marque. Un truc que les gens guettent, et ça c'est mauvais.

Kristou alla ouvrir un petit coffre-fort dans le coin et en retira un balluchon de toile qu'il déballa sur la table. Il contenait un automatique assez laid, de quinze centimètres de long environ, avec un canon bizarre dépassant de cinq centimètres. Le balluchon contenait aussi un silencieux de sept centimètres et deux boîtes de cinquante balles chacune.

— Qu'est-ce que c'est que ça ? demanda Fallon en le prenant.

— Un Ceska tchèque. Calibre 7,5. Modèle 27. Les Allemands ont repris l'usine pendant la guerre. C'est un des leurs, ça se voit à la modification du canon spécial. C'est fabriqué comme ça pour être équipé d'un silencieux.

— Ça vaut quelque chose ?

— Les SS s'en servaient, mais juge toi-même.

Kristou se déplaça dans l'obscurité. Quelques instants plus tard, une lumière apparut dans le fond de l'entrepôt et Fallon vit qu'il y avait là-bas une cible fort semblable à celles de l'armée. Une réplique grandeur nature d'un soldat en train de charger.

Alors qu'il vissait le silencieux au bout du canon, Kristou le rejoignit.

— Quand tu voudras.

Fallon visa soigneusement, à deux mains ; il y eut un bruit sourd qui ne devait pas être perçu dehors à plus de trois mètres. Il avait visé le cœur et touché le bras droit.

Il régla la mire et tira de nouveau, encore un peu à

côté. Il effectua un dernier réglage. Cette fois, il fit mouche.

— Qu'est-ce que je te disais ? triompha Kristou.

Fallon hocha la tête.

— Moche mais mortel, Kristou, exactement comme toi et moi. Je ne t'ai jamais raconté qu'un jour j'ai vu une affiche sur un mur à Derry qui disait : est-ce qu'il y a une vie avant la mort ? Tu ne trouves pas qu'il n'y a rien de plus drôle ?

Kristou le regarda, atterré. Fallon pivota, son bras se leva, il tira deux fois sans avoir l'air de viser et emporta les deux yeux de la cible.

2

Le père Da Costa

... *Le Seigneur est mon berger, je ne manquerai de rien.* Le père Michael Da Costa prononçait vaillamment ces mots en montant vers le cimetière, sa voix presque noyée sous le déluge.

Il avait de la détresse au cœur. La pluie était tombée toute la nuit et maintenant elle redoublait. Le chemin de la chapelle jusqu'au cimetière était toujours pénible, mais là, en cette occasion, c'était particulièrement douloureux.

D'abord, il y avait trop peu de monde. Les deux employés des pompes funèbres portaient le cercueil pitoyablement petit et la mère, déjà sur le point de défaillir, suivait en chancelant, soutenue d'un côté par son mari, de l'autre par son frère. C'étaient de pauvres gens. Ils n'avaient personne auprès d'eux. Ils se repliaient sur eux-mêmes, dans leur chagrin.

M. O'Brien, le gardien-chef du cimetière, attendait au bord de la fosse, sous un parapluie. Le fossoyeur rabattit la bâche recouvrant la tombe quand le cortège funèbre arriva. Elle n'avait d'ailleurs pas servi à grand-chose ; il y avait au moins cinquante centimètres d'eau dans le fond.

O'Brien tenta de tenir le parapluie au-dessus du prêtre mais il fut écarté d'un geste. Le père Da Costa ôta même son manteau, le tendit au gardien-chef et resta debout sous la pluie devant la tombe, sa chasuble rouge et or élimée défiant la grisaille du matin.

O'Brien dut servir d'enfant de chœur ; le père Da Costa aspergea le cercueil d'eau bénite et d'encens et, tandis qu'il priait, il remarqua que le père le foudroyait du regard — un regard fou d'animal pris au piège derrière des barreaux — et que sa main droite se crispait et se décrispait convulsivement. C'était un homme grand et fort. Presque aussi grand et fort que Da Costa. Contremaître sur un chantier de construction.

Da Costa se détourna vivement et pria pour l'enfant, la figure levée, la pluie cascadant dans sa barbe grise emmêlée.

Entre vos mains, ô Seigneur
Nous remettons humblement notre sœur,
Menez-la pour ceux à qui vous avez
Prouvé un si grand amour
Dans la joie du paradis céleste.

Une fois de plus, la banalité de ce qu'il disait le frappa. Comment expliquer à une mère, quelle qu'elle fût, que Dieu avait tellement besoin de sa petite fille de huit ans qu'elle avait dû mourir noyée dans les eaux polluées d'un canal industriel et y dériver pendant dix jours avant d'être trouvée ?

Le cercueil descendit dans une gerbe d'éclaboussures et le fossoyeur se hâta de remettre la bâche en place. Le père Da Costa récita une prière finale puis il s'approcha de la femme qui pleurait si amèrement. Il lui posa une main sur l'épaule.

— Madame Dalton... si je puis faire quelque chose...

Le mari lui repoussa le bras d'un geste violent.

— Laissez-la tranquille ! cria-t-il. Elle a assez souffert. Vous et vos foutues prières ! A quoi ça sert ? J'ai dû l'identifier, vous saviez ça ? Un tas de chairs en décomposition, voilà ce qu'était ma fille après dix jours dans le canal. Qu'est-ce que c'est que ce Dieu qui est capable de faire ça à une enfant ?

O'Brien s'avança pour s'interposer mais le père Da Costa leva un bras pour l'écarter.

— Laissez, dit-il calmement.

Une étrange expression atterrée apparut sur la figure de Dalton, alors qu'il se rendait compte de l'énormité de son blasphème. Il prit sa femme par les épaules, et son beau-frère et lui l'entraînèrent rapidement. Les deux croque-morts les suivirent.

O'Brien aida Da Costa à remettre son manteau.

— Je suis navré de cet incident, mon père. Une sale affaire.

— Il n'a pas tort, le pauvre diable. Après tout, que puis-je dire à un homme dans son cas ?

Le fossoyeur parut choqué mais O'Brien hocha simplement la tête.

— Cette sacrée vie est bien bizarre, des fois, avoua-t-il en ouvrant son parapluie. Je vais vous raccompagner jusqu'à la chapelle, mon père.

Da Costa secoua la tête.

— Je vais passer par le long chemin, si vous le permettez. J'ai besoin d'exercice. Mais si vous voulez bien, je vous emprunterai le parapluie.

— Certainement, mon père.

O'Brien le luiremit et le prêtre partit à travers la jungle de monuments de marbre et de pierres tombales.

— C'est un drôle d'aveu, de la part d'un prêtre, dit le fossoyeur.

O'Brien alluma une cigarette.

— Oui, mais Da Costa n'est pas un prêtre ordinaire. Joe Devlin, le sacristain de Sainte-Anne, m'a parlé de lui. Il était dans les commandos ou je ne sais quoi pendant la guerre. Il s'est battu avec Tito et les résistants yougoslaves. Après ça, il est allé au Collège anglais de Rome. Il a eu une brillante carrière, là-bas. Il aurait pu être n'importe quoi. Mais après son ordination, c'est les missions qu'il a choisies.

— Où est-ce qu'on l'a envoyé ?

— En Corée. Les Chinois l'ont eu pendant près de cinq ans. Ensuite, on lui a confié un poste administratif à Rome, pour récupérer, mais ça ne lui plaisait pas. Il a obtenu qu'on l'expédie au Mozambique. Je crois que c'était son grand-père qui était portugais. Il parle la langue, en tout cas.

— Qu'est-ce qui lui est arrivé, là-bas ?

— Eh bien, il a été déporté. Les autorités portugaises l'accusaient de trop de sympathie pour les rebelles.

— Alors qu'est-ce qu'il fait ici ?

— Il est curé de Saint-Nom.

— Ce tas de décombres ? s'exclama le fossoyeur ahuri. Ça ne tient debout que grâce aux échafaudages. S'il a une douzaine de pelés à sa messe le dimanche, il a de la chance.

— Précisément, répliqua O'Brien.

— Ah, j'y suis ! s'exclama le fossoyeur. C'est leur façon de lui taper sur les doigts, hein ?

— C'est un homme de valeur, affirma O'Brien. Trop bien pour être gaspillé.

Il en eut soudain assez de cette conversation qui, pour une raison qu'il ignorait, le déprimait singulièrement.

— Allons, vous feriez mieux de combler cette tombe.

— Quoi ? Sous cette pluie ? protesta le fossoyeur. Ça ne peut pas attendre un peu ?

— Non, ça ne peut pas !

O'Brien tourna les talons et s'éloigna tandis que le

fossoyeur, en jurant copieusement, rabattait la bâche et se mettait au travail.

En général, le père Da Costa aimait marcher sous la pluie. Cela lui apportait un sentiment de sécurité, une protection. Quelque chose remontant à son enfance, pensait-il. Mais pas à présent. Ce jour-là il était énervé, mal à l'aise. Encore troublé par l'incident au bord de la tombe.

Il s'arrêta pour allumer une cigarette, maladroitement à cause du parapluie dans sa main gauche. Il avait récemment fait le vœu de réduire sa consommation à cinq par jour — celles-là n'étaient fumées que le soir, un plaisir savouré d'avance, mais dans ces circonstances...

Il arriva dans la partie la plus ancienne du cimetière, qu'il avait découverte avec ravissement un ou deux mois plus tôt seulement. Là, sous les pins et les cyprès se trouvaient de superbes tombeaux gothico-victoriens, des anges ailés en marbre, des effigies en bronze de la Mort. A tout instant quelque chose de différent. Chaque pierre tombale révélait une foi sentimentale en un au-delà.

Il ne vit pas une âme avant d'arriver au coin d'une allée entre des buissons de rhododendrons. Là il s'arrêta net. L'allée se divisait, à une dizaine de mètres devant lui, et un assez intéressant monument s'y dressait. Une porte entre deux piliers de marbre, entrouverte. Devant, la statue en bronze d'une femme en train de se lever d'un fauteuil.

Un homme en pardessus foncé, tête nue, avait un genou en terre, face à elle. Tout était silencieux, à part la pluie qui tombait sur la terre mouillée, et le père Da Costa hésita un moment, ne voulant pas troubler cet instant de chagrin intime.

Il se passa alors une chose extraordinaire. Par la porte entrouverte sur l'éternité, à l'arrière du tombeau, un prêtre apparut. Un homme assez jeune, coiffé d'un chapeau noir, un imperméable noir clérical passé sur sa soutane.

Ce qui arriva ensuite sortait tout droit d'un cauchemar, pétrifié dans le temps, sans aucune réalité. Alors que l'homme au pardessus foncé levait les yeux, le prêtre brandit un automatique équipé d'un long silencieux. Il y eut un bruit sourd quand il tira. Des éclats d'os et des fragments de matière cervicale jaillirent de la tête de sa victime qui tomba à la renverse.

Le père Da Costa poussa un cri rauque, mais c'était déjà trop tard.

— Non, pour l'amour de Dieu, non!

Le jeune prêtre, qui faisait un pas vers sa victime, sursauta et aperçut Da Costa. Son bras se leva instantanément et, tandis qu'il visait posément, Da Costa regarda la Mort, la figure blanche, les yeux noirs, noirs.

Alors, de façon incompréhensible, pendant qu'il articulait une prière, le pistolet retomba. Le prêtre se baissa pour ramasser quelque chose. Les yeux noirs s'attardèrent encore une seconde sur Da Costa, puis il recula vers la porte et disparut.

Le père Da Costa jeta le parapluie et se précipita pour s'agenouiller à côté de l'homme abattu. Du sang coulait des narines, les yeux étaient mi-clos et, pourtant, il perçut le son d'une respiration oppressée.

Il commença à réciter d'une voix ferme la prière pour les agonisants. *Pars, âme chrétienne, de ce monde, au nom de Dieu le Père tout-puissant qui t'a créée...* et à ce moment, dans un dernier râle, la respiration s'arrêta.

Fallon suivit l'allée vers l'extrémité nord du cimetière, en marchant vite, mais pas trop. Cela n'avait d'ailleurs pas grande importance. Il était caché par les rhododendrons et il n'était guère probable qu'il rencontrât quelqu'un par ce temps.

Le prêtre avait été un incident malheureux. Un de ces hasards. L'idée lui vint, avec un certain amusement — ce n'était pas la première fois de sa vie —, que l'on avait beau tirer des plans avec le plus grand soin, il y avait toujours une part d'aléatoire.

Il entra dans un petit bois et trouva la camionnette arrêtée dans le sentier, hors de vue, comme il l'avait laissée. Il n'y avait personne au volant et il fronça les sourcils.

— Varley ? Où êtes-vous ? appela-t-il à mi-voix.

Un petit homme en imperméable et casquette arriva en courant sous les arbres, hors d'haleine, serrant dans une main une paire de jumelles. Il s'appuya contre une aile du véhicule pour reprendre sa respiration. Fallon le secoua rudement par une épaule.

— Où diable étiez-vous ?

— J'observais, haleta Varley en levant les jumelles. Ordres de M. Meehan. Ce prêtre. Il vous a vu. Pourquoi est-ce que vous ne l'avez pas abattu ?

Fallon ouvrit la portière et le poussa au volant.

— Taisez-vous et démarrez !

Il passa à l'arrière, ouvrit la porte, monta et referma alors que le moteur vrombissait et que la camionnette cahotait sur le chemin défoncé.

Il ouvrit la petite vitre derrière le siège du conducteur.

— Doucement, dit-il. Du calme. Plus lentement vous irez, mieux cela vaudra. Un de mes amis a dévalisé un jour une banque et s'est enfui dans le véhicule d'un marchand de glaces qui ne dépassait pas le trente à l'heure. Tout le monde s'attend à ce qu'on fiche le camp à tombeau ouvert après un crime, alors il faut faire le contraire.

Il se dépouilla de l'imperméable et de la soutane. Dessous, il portait un chandail foncé et un pantalon de flanelle grise. Son trench-coat bleu marine était prêt, sur le siège, il l'enfila. Puis il enleva ses caoutchoucs.

Varley transpirait quand ils tournèrent dans la double allée carrossable.

— Ah, mon Dieu, gémit-il. M. Meehan va avoir votre peau pour ça.

— Laissez-moi tranquille avec Meehan.

Fallon jeta ses vêtements de prêtre dans un fourre-tout et tira sur la fermeture à glissière.

— Vous ne le connaissez pas, monsieur Fallon, dit Varley. C'est le diable en personne quand il est fâché. Y avait un type appelé Gregson, il y a un mois ou deux. Flambeur professionnel. Faux comme un jeton. Il a volé un des clubs de M. Meehan de cinq sacs. Quand les gars l'ont amené, M. Meehan lui a cloué les mains sur une table. Il a fait ça lui-même, en plus. Des clous de douze centimètres et un gros marteau. Il l'a laissé comme ça pendant cinq heures. Pour réfléchir à sa mauvaise conduite, à ce qu'il a dit.

— Qu'est-ce qu'il lui a fait ensuite ? demanda Fallon.

— J'étais là quand on a enlevé les clous. C'était horrible. Gregson était dans un état épouvantable. Et M. Meehan, il lui a tapoté les joues et lui a dit de tâcher d'être un bon garçon à l'avenir. Et puis il lui a donné dix livres et l'a envoyé à ce docteur pakistanais qu'il emploie. Moi je vous le dis, affirma Varley en frémissant, c'est un homme à ne pas fâcher, monsieur Fallon.

— Il semble avoir des méthodes bien à lui pour se faire des amis et faire pression sur les gens. Ce prêtre, là-bas, vous le connaissez ?

— Le père Da Costa ? Oui. Il a une vieille église en ruine près du centre ville. Saint-Nom, ça s'appelle. Dans la crypte, il a une espèce de refuge pour les paumés. C'est à peu près les seuls fidèles qu'il a. Un de ces quartiers où on a démoli tous les immeubles.

— Intéressant... Conduisez-moi là-bas.

La voiture fit une brusque embardée. Si grande était la surprise de Varley qu'il eut du mal à tenir le volant.

— Soyez pas fou, allez. J'ai ordre de vous ramener directement à la ferme.

— Je change de programme, dit Fallon avec simplicité et il alluma tranquillement une cigarette.

L'église du Saint-Nom était située dans Rockingham Street, prise en sandwich entre des grands immeubles de bureaux tout en verre et en béton, flambant neufs, et des entrepôts vétustes. Un peu plus haut s'étendait un vaste terrain vague où de vieux taudis avaient été détruits. Les bulldozers étaient déjà au travail pour creuser les fondations d'autres grands immeubles modernes.

Varley arrêta la camionnette en face de l'église et Fallon en descendit. C'était une monstruosité pseudo-gothique avec une vilaine tour carrée au centre, le tout entouré d'échafaudages sans qu'il y ait trace de travaux en cours.

— Ce n'est pas précisément une ruche, dit Fallon.

— Ils se sont trouvés à court d'argent. A ce qu'on dit, la foutue bicoque est en train de s'écrouler, répondit Varley en s'épongeant nerveusement le front. Tironsnous d'ici, monsieur Fallon. Je vous en prie.

— Dans une minute.

Fallon traversa la chaussée, vers l'entrée principale. Il y avait le panneau habituel à la porte, portant le nom de Da Costa et les horaires des messes. La confession était à treize et dix-sept heures en semaine. Il examina un moment ce panneau, puis sourit lentement, tourna les talons et retourna à la camionnette. Il se pencha à la portière.

— Cette entreprise de pompes funèbres de Meehan, où est-ce ?

— A Paul's Square, dit Varley. A dix minutes d'ici, du côté de l'hôtel de ville.

— J'ai des choses à faire. Dites à Meehan que je le verrai là-bas à deux heures.

— Pour l'amour du ciel, monsieur Fallon, protesta fébrilement Varley. Vous ne pouvez pas faire ça !

Mais Fallon retraversait déjà pour entrer dans l'église. Varley gémit.

— Foutu salaud ! marmonna-t-il en démarrant.

Fallon n'entra pas dans l'église mais la contourna par une ruelle, le long d'un grand mur gris. Derrière, il y avait un vieux cimetière, des pierres tombales simples et une maison dans un coin, probablement le presbytère. Il était à peu près dans le même état que l'église.

C'était un lieu lugubre, gris, avec des arbres dépouillés, noirs d'un siècle de suie que la pluie elle-même était incapable de laver, et il fut saisi d'une curieuse mélancolie. Voilà où tout se terminait, de quelque côté qu'on le considérât. Des mots gravés sur de vieilles pierres. Le portail claqua derrière lui et il se retourna vivement.

Une jeune femme descendait du presbytère dans l'allée, un vieux trench-coat sur les épaules. Elle avait une canne d'ébène dans une main et une liasse de partitions musicales dans l'autre.

Fallon lui donna vingt-cinq à trente ans ; elle avait des cheveux noirs mi-longs et un visage sérieux. Une de ces figures sans beauté mais saisissantes, qui retiennent l'attention.

Il se prépara à lui expliquer sa présence mais elle le regarda fixement comme s'il n'existait pas et, quand elle fut passée, il remarqua le tapotement de la canne contre le bord d'une tombe...

Elle s'arrêta et se retourna, l'air indécis.

— Y a-t-il quelqu'un ici ? demanda-t-elle d'une voix calme, agréable.

Fallon resta parfaitement immobile. Elle s'attarda un moment, puis elle se tourna et continua de suivre l'allée. Quand elle arriva devant une porte sur le côté de l'église, elle prit une petite clef Yale, ouvrit et entra.

Fallon ressortit par le portail, pour faire le tour jusqu'à l'entrée principale. Quand il poussa la porte, il découvrit une odeur familière et sourit ironiquement.

— Encens, cierges et eau bénite, murmura-t-il en trempant le bout des doigts dans le bénitier, par une sorte de réflexe.

L'église ne manquait pas d'un certain charme et il était évident que dans un passé indéterminé quelqu'un y avait dépensé beaucoup d'argent. Il y avait des vitraux du siècle passé et, partout, des copies de sculptures médiévales. Gargouilles, têtes de mort... une imagination débridée.

Des échafaudages s'élevaient comme une toile d'araignée pour soutenir la voûte de la nef, du côté de l'autel, et il faisait très sombre, à part la lampe du tabernacle et les cierges vacillant devant la statue de la Vierge.

La jeune fille était assise à l'orgue, derrière les stalles du chœur. Elle commença à jouer en sourdine. Rien que quelques accords hésitants, au début, puis, tandis que Fallon s'engageait dans la travée centrale, elle entama le *Prélude et fugue en ré majeur* de Bach.

Elle avait du talent. Il attendit au pied des marches, pour écouter, puis il monta. Elle s'arrêta aussitôt et se retourna.

— Y a-t-il quelqu'un ?

— Je suis désolé de vous déranger, lui dit-il. Je vous écoutais avec plaisir.

Le petit sourire indécis reparut. Elle eut l'air d'attendre, aussi poursuivit-il :

— Si je puis me permettre une suggestion ?

— Vous jouez de l'orgue ?

— J'en ai joué ! Écoutez, ce registre de trompette est un bois. Incertain la plupart du temps mais dans une atmosphère humide comme celle-ci... Il est si gravement désaccordé qu'il fait tout détonner. A votre place, je l'omettrais.

— Ah, merci ! Je vais essayer.

Elle se retourna vers son clavier et Fallon descendit pour aller s'asseoir tout au fond de l'église, dans le recoin le plus obscur.

Elle joua entièrement le *Prélude et fugue* et Fallon écouta, les yeux fermés, les bras croisés. Son premier jugement avait été le bon. Elle avait réellement du talent et valait la peine d'être écoutée.

Quand elle eut fini, au bout d'une demi-heure environ, elle rassembla ses affaires et descendit. Au bas des marches elle attendit, sentant peut-être qu'il était toujours là, mais il ne bougea pas et elle finit par passer dans la sacristie.

Et, dans l'obscurité du fond de l'église, Fallon resta assis et attendit.

3

Miller

Le père Da Costa achevait sa seconde tasse de thé dans le bureau du gardien-chef du cimetière quand on frappa à la porte et un jeune constable entra.

— Pardonnez-moi de vous déranger encore, mon père, mais M. Miller voudrait vous dire un mot.

Le père Da Costa se leva.

— M. Miller ?

— L'inspecteur principal Miller, mon père. C'est le chef de la brigade criminelle.

Il pleuvait encore à verse quand ils sortirent. La cour était pleine de véhicules de police et, tandis qu'ils suivaient l'allée étroite, il semblait y avoir des policiers partout, allant et venant parmi les rhododendrons.

Le cadavre était exactement là où il l'avait laissé mais recouvert en partie par une bâche. Un homme en pardessus se penchait sur lui et procédait à un examen préliminaire. Il parlait à voix basse dans un petit Dictaphone portatif et une trousse de médecin était ouverte, par terre, à côté de lui.

Là aussi, il y avait beaucoup de policiers, en tenue et en civil. Plusieurs prenaient des mesures, les autres faisaient des recherches dans le secteur.

Le jeune inspecteur qui avait pris sa déposition s'appelait Fitzgerald. Il se tenait à l'écart, en conversation avec un homme grand et mince à l'allure universitaire, en imperméable à ceinture serrée. Quand il aperçut Da Costa, il s'avança immédiatement.

— Ah, vous voilà, mon père. Voici l'inspecteur principal Miller.

Miller tendit la main. Il avait une figure maigre et des yeux marron à l'expression patiente. Il paraissait très fatigué.

— Mauvaise affaire, mon pere, dit-il.

— Indiscutablement.

— Comme vous le voyez, nous observons la procédure habituelle et le Pr Lawlor, que voici, prépare un rapport préliminaire. Il effectuera l'autopsie cet après-midi. D'autre part, il est évident que vous êtes la clef de toute l'affaire. Puis-je vous poser quelques autres questions ?

— Je suis à votre disposition, naturellement, mais je puis vous assurer que l'inspecteur Fitzgerald a été tout ce qu'il y a de plus consciencieux. Je pense qu'il n'a rien omis.

Fitzgerald prit l'air modeste qui convenait et Miller sourit.

— Mon père, voilà bientôt vingt-cinq ans que je suis policier et si j'ai appris une chose, c'est qu'il y a toujours un petit détail et que c'est généralement ce petit détail qui fait aboutir une enquête.

Le Pr Lawlor se leva.

— J'ai fini ici, Nick, annonça-t-il. Vous pouvez l'emporter. Si j'ai bien compris Fitzgerald, dit-il en s'adressant au prêtre, vous avez dit qu'il avait le genou droit en terre au bord de la tombe... A peu près ici ?

— C'est exact.

Lawlor se tourna vers Miller.

— Cela concorde : il a dû lever les yeux au moment crucial et sa tête était normalement tournée vers la droite. L'orifice d'entrée est à environ deux centimètres et demi au-dessus du coin externe de l'œil gauche.

— Rien d'autre d'intéressant ? demanda Miller.

— Pas tellement. La blessure d'entrée est d'un peu plus d'un demi-centimètre de diamètre. Elle a très peu saigné. Pas de traces de poudre. Pas de brûlures. Blessure de sortie : cinq centimètres de diamètre. De type explosif avec fragmentation de la boîte crânienne et lacérations du lobe occipital droit du cerveau. La blessure est située à cinq centimètres à droite de l'extérieur de la protubérance occipitale.

— Merci, docteur Kildare, plaisanta Miller.

Le Pr Lawlor se tourna vers Da Costa et sourit.

— Vous voyez, mon père, la médecine a son jargon aussi, comme l'Église. Tout cela pour dire qu'il a reçu la balle en pleine tête à courte portée, mais pas trop courte. Elle ne doit pas être loin, tout au moins ce qu'il en reste, conclut-il en ramassant sa trousse.

— Merci de me le rappeler, lui lança ironiquement Miller alors qu'il s'en allait.

Fitzgerald était allé à la porte du monument et en revenait en secouant la tête.

— Nous faisons des moulages en plâtre de ces empreintes de pas mais nous perdons notre temps. Il portait des caoutchoucs sur ses chaussures. Autre chose, nous avons passé au peigne fin tous les environs et il n'y a pas la moindre trace de douille.

Miller fronça les sourcils et demanda à Da Costa :

— Vous êtes sûr qu'il se servait d'un silencieux ?

— Absolument.

— Vous paraissez bien catégorique.

— Jeune homme, j'étais lieutenant dans le Special Air Service, inspecteur, répliqua calmement le prêtre. Les îles de la mer Égée, la Yougoslavie, ce genre de choses. J'ai été obligé de me servir moi-même d'un pistolet à silencieux, en plus d'une occasion.

Miller et Fitzgerald échangèrent un coup d'œil surpris et soudain le père Da Costa comprit tout dans un éclair de lumière.

— Mais naturellement ! C'est impossible d'utiliser un silencieux avec un revolver. Il faut que ce soit un pistolet automatique, ce qui signifie que la douille a dû être éjectée, s'exclama-t-il en s'approchant de la porte. Voyons un peu, le pistolet était dans sa main droite, donc la douille devrait être de ce côté-ci.

— Précisément, mais nous n'avons rien trouvé, dit Miller.

Da Costa se souvint alors :

— Il s'est baissé et il a ramassé quelque chose, juste avant de partir.

Miller regarda Fitzgerald qui parut chagriné.

— Ce n'était pas dans votre rapport.

— C'est ma faute, inspecteur, intervint Da Costa. Je ne le lui ai pas dit. Je n'y ai plus pensé.

— C'est bien ce que je disais, mon père, il y a toujours un petit détail. Je sais déjà une chose. Cet homme n'est pas un assassin ordinaire. C'est un professionnel, jusqu'au bout des ongles, et ça c'est excellent.

— Je ne comprends pas.

Miller tira de sa poche une vieille blague de cuir et une pipe qu'il bourra consciencieusement.

— Si, parce que les hommes de ce calibre sont rares, mon père, c'est tout simple. Je vais vous expliquer. Il y a six mois, quelqu'un a volé près de deux cent cinquante mille livres dans une banque locale. Il a fallu tout le week-end pour pénétrer dans la chambre forte. Un travail superbe, trop beau. Parce que nous savions tout de suite qu'il n'y avait pas plus de cinq ou six hommes dans le pays capables de réussir un aussi beau coup, et trois d'entre eux étaient en prison. Le reste n'était qu'une question de mathématiques pures.

— Je vois...

— Prenons maintenant notre ami inconnu. Je sais déjà beaucoup de choses sur lui. C'est un homme exceptionnellement habile — ce déguisement de prêtre est un trait de génie. La plupart des gens ont des idées toutes faites. Si je leur demande s'ils ont vu quelqu'un, ils disent que non. Si j'insiste, ils se souviennent qu'ils ont vu passer un facteur ou, dans le cas présent, un prêtre. Si je demande un signalement, nous nous heurtons à un mur parce que tout ce qu'ils savent c'est qu'il avait l'air d'un prêtre, de n'importe quel curé.

— J'ai vu son visage très nettement.

— J'espère que vous serez aussi sûr de vous quand vous verrez sa photo, habillé différemment, marmonna Miller. Ah oui, il savait ce qu'il faisait. Des caoutchoucs pour masquer ses empreintes de pas, probablement trop grands. Et c'est un tireur d'élite. La plupart des gens sont incapables de tirer une vache dans un corridor avec une arme de poing, à trois ou quatre mètres. Il lui a suffi d'une balle et ça, croyez-moi, c'est pas de la tarte.

— Et avec un sang-froid considérable, ajouta le père Da Costa. Il n'a pas oublié de ramasser la douille, malgré mon apparition subite.

— Nous devrions vous avoir à la brigade, mon père, dit Miller puis, s'adressant à Fitzgerald : Continuez, ici. Je vais emmener le père Da Costa en ville.

Le prêtre regarda l'heure. Il était midi et quart.

— Ce ne sera pas possible, inspecteur. Les confessions sont à une heure. Et ma nièce m'attendait pour déjeuner à midi. Elle va s'inquiéter.

Miller ne se fâcha pas du contretemps.

— Quand serez-vous libre ?

— Officiellement, à une heure et demie, mais tout dépend, bien sûr...

— Du nombre de clients ?

— Exactement.

— Très bien, mon père. Je passerai vous prendre à deux heures. Ça vous convient ?

— Oui, je pense.

— Je vais vous raccompagner à votre voiture.

La pluie s'était un peu calmée. Ils suivirent l'allée, entre les rhododendrons. Miller bâilla plusieurs fois et se frotta les yeux.

— Vous paraissez fatigué, dit le père Da Costa.

— Je n'ai pas beaucoup dormi la nuit dernière. Un vendeur de voitures d'un de ces nouveaux lotissements a égorgé sa femme avec un couteau à pain et a appelé la police ensuite. Une affaire toute simple, sans problème, mais il fallait quand même que j'y aille. Le meurtre, c'est important. J'étais recouché à neuf heures et puis on m'a téléphoné à propos de ce petit incident-ci.

— Vous devez avoir une drôle d'existence. Qu'en pense votre femme ?

— Rien. Elle est morte l'année dernière.

— Je suis désolé.

— Pas moi. Elle avait un cancer de l'intestin, répondit calmement Miller en fronçant un peu les sourcils. Je sais que vous n'envisagez pas les choses de cette façon, dans votre Église.

Le prêtre n'eut rien à répondre à cela car, avec une soudaineté effarante, il comprit qu'à la place de Miller il aurait probablement eu la même réaction.

Ils arrivèrent à sa voiture, une vieille fourgonnette Mini garée devant la chapelle. Miller lui ouvrit la portière. Une fois au volant, Da Costa demanda :

— Vous pensez que vous l'aurez, inspecteur? Vous êtes confiant?

— Je l'aurai certainement, mon père. Il le faut bien, si je tiens à avoir celui que je veux réellement, celui qui tire les ficelles, celui qui a ordonné cet assassinat.

— Je comprends. Et vous savez déjà qui c'est?

— Je parierais ma retraite dessus.

Le père Da Costa tourna la clef de contact et le moteur se mit bruyamment en marche.

— Une chose m'inquiète, quand même, dit-il.

— Quoi donc?

— Cet homme que vous cherchez, le tueur. Si c'est un tel professionnel, comme vous dites, pourquoi est-ce qu'il ne m'a pas tué alors qu'il en avait l'occasion?

— Précisément, dit Miller. C'est bien ce qui me tracasse aussi. A tout à l'heure, mon père.

Il recula alors que le prêtre démarrait et Fitzgerald apparut au coin de la chapelle.

— Quel homme! s'exclama-t-il.

— Oui... Trouvez-moi tout ce que vous pourrez sur lui, et j'entends bien tout. J'attends un résultat avant deux heures moins le quart, déclara-t-il au jeune policier ahuri. Ça devrait vous être assez facile. Vous êtes catholique pratiquant, n'est-ce pas, et chevalier de Saint-Columba ou je ne sais quoi, ou bien n'est-ce qu'une façade de l'IRA?

— Jamais de la vie! s'indigna Fitzgerald.

— Tant mieux. Commencez par le gardien-chef du cimetière, et puis il y a la cathédrale. On devrait pouvoir vous aider, là-bas. On vous parlera, à vous.

Il alluma sa pipe et Fitzgerald s'exclama d'une voix désespérée :

— Mais pourquoi, chef? Pourquoi?

— Parce qu'il y a une autre chose que j'ai apprise en

vingt-cinq ans de vie de flic, c'est à ne jamais rien prendre pour argent comptant.

Miller retourna à sa voiture, y monta, fit un signe de tête au chauffeur et se carra sur le siège. Avant qu'ils arrivent à la rue principale, il était déjà endormi.

4

Le confessionnal

Anna Da Costa jouait du piano dans le salon du vieux presbytère quand le prêtre entra. Elle pivota sur son tabouret et se leva aussitôt.

— Oncle Michael ! Vous êtes en retard. Que s'est-il passé ?

Il l'embrassa et la guida vers un fauteuil près de la fenêtre.

— Tu l'apprendras assez vite, alors autant que je te le dise maintenant. Un homme a été assassiné ce matin, dans le cimetière.

Elle leva vers lui des yeux étonnés, ses beaux yeux noirs inutiles fixés sur un point imprécis, son visage exprimant la stupéfaction.

— Assassiné ? Je ne comprends pas.

Il s'assit à côté d'elle et lui prit les deux mains.

— Je l'ai vu, Anna. Je suis l'unique témoin.

Il se leva et se mit à marcher de long en large.

— Je traversais la partie ancienne du cimetière. Tu te souviens, je t'y ai conduite le mois dernier ?

Il décrivit dans les moindres détails ce qui était arrivé, autant pour lui-même que pour elle, parce que tout à coup cela lui paraissait indispensable.

— Et il ne m'a pas tué, Anna ! C'est cela le plus singulier. Je n'arrive pas à comprendre. Ça n'a ni rime ni raison.

Elle fut secouée d'un frisson.

— Ah, oncle Michael, c'est un miracle que vous soyez là !

Elle lui tendit les mains et il les prit, éprouvant une bouffée de tendresse. Il se dit, comme bien souvent, qu'elle était le seul être qu'il aimait vraiment au monde, ce qui était un grand péché, car l'amour d'un prêtre devait, après tout, être donné également à tous. Mais elle était l'unique enfant de son frère mort, orpheline depuis l'âge de quinze ans.

La pendule sonna une heure et il caressa la tête de sa nièce.

— Il faut que je parte. Je suis déjà en retard.

— J'ai fait des sandwiches. Ils sont à la cuisine.

— Je les mangerai quand je reviendrai. Je n'aurai guère de temps. Un inspecteur principal du nom de Miller doit venir me chercher à deux heures. Il veut me montrer des photos, pour voir si je reconnaîtrai l'homme que j'ai vu. S'il est en avance, offre-lui du thé ou autre chose.

La porte claqua. Tout devint soudain très silencieux. Elle resta où elle était, totalement déconcertée par ces événements, incapable de comprendre ce qu'il lui avait révélé. C'était une jeune fille sage. Elle ne savait presque rien de la vie. Son enfance s'était déroulée dans des écoles spéciales pour aveugles. Après la mort de ses parents, au conservatoire de musique. Puis son oncle Michael était revenu et, pour la première fois depuis des années, elle avait eu de nouveau quelqu'un à aimer. Et qui l'aimait.

Mais, comme toujours, elle trouvait un réconfort dans sa musique, alors elle retourna au piano et chercha d'une main adroite parmi ses partitions en braille le prélude de Chopin qu'elle étudiait. Il n'y était pas. Elle s'étonna, s'irrita avant de se souvenir qu'elle était allée jouer de l'orgue à l'église ; elle se rappela l'inconnu qui lui avait parlé. Elle pensa qu'elle avait dû laisser le prélude là-bas avec sa musique d'orgue.

Dans le vestibule, elle trouva un imperméable et une canne et sortit de la maison.

La pluie avait repris quand le père Da Costa traversa précipitamment la cour et ouvrit la petite porte donnant directement dans la sacristie. Il mit son aube, jeta une étole violette sur son épaule et alla entendre les confessions.

Il était en retard mais cela n'avait pas grande importance. Les pénitents n'étaient pas nombreux à cette heure, généralement quelques employés de bureau du quartier qui trouvaient la vieille église commode. Il lui arrivait d'attendre pendant la demi-heure obligatoire, sans que personne ne vienne.

Il faisait froid dans l'église et elle sentait l'humidité, ce qui n'avait rien de surprenant puisqu'il n'avait plus les moyens de la chauffer. Une jeune femme était en train d'allumer un cierge devant la Sainte Vierge et, en passant, il remarqua au moins deux autres personnes attendant à côté du confessionnal.

Il y entra, murmura une courte prière et s'installa. La prière ne l'apaisa guère car il avait encore l'esprit en plein chaos, obsédé par ce qu'il avait vu dans le cimetière.

La porte se ferma de l'autre côté de la grille et une femme se mit à parler. D'un âge moyen, à sa voix. Il se força à revenir à la réalité et à écouter ce qu'elle avait à dire. C'était bien véniel. Quelques péchés par omission, surtout, une petite malhonnêteté concernant la note de l'épicier. Quelques pieux mensonges.

La suivante était jeune, probablement celle qui avait mis le cierge à la Vierge. Elle commença à parler en hésitant. Des banalités. De la colère, des pensées impures, des mensonges Et elle n'était pas allée à la messe depuis trois mois.

— C'est tout? demanda-t-il dans le silence qui tomba.

Ce n'était pas tout, naturellement, et tout le reste afflua. Une liaison avec son patron, un homme marié.

— Depuis combien de temps? demanda Da Costa.

— Depuis trois mois, mon père.

Précisément la période pendant laquelle elle avait manqué la messe.

— Cet homme a eu des rapports charnels avec vous?

— Oui, mon père.

— Combien de fois?

— Deux ou trois fois par semaine. Au bureau. Quand tout le monde est parti.

Il y avait de l'assurance dans sa voix, maintenant, du calme. Évidemment, le simple aveu a généralement cet effet, mais là, c'était différent.

— Il a des enfants?

— Trois, mon père... Qu'est-ce que je peux faire?

— La réponse est évidente. Doit l'être. Quittez cette place, trouvez un autre emploi. Chassez-le de vos pensées.

— Je ne peux pas.

— Pourquoi? demanda-t-il, et il ajouta avec une brutalité voulue : parce que vous éprouvez du plaisir?

— Oui, mon père, avoua-t-elle avec simplicité.

— Et vous ne voulez pas arrêter?

— Je ne peux pas!

Elle craquait un peu, très peu, mais il y avait de la panique dans sa voix, à présent.

— Alors pourquoi êtes-vous ici ?

— Voilà trois mois que je ne suis pas allée à la messe, mon père.

Il comprit alors tout. C'était d'une merveilleuse simplicité, pitoyablement humain.

— Je vois, dit-il. Vous ne pouvez pas non plus vous passer de Dieu.

Elle se mit à pleurer tout bas.

— C'est une perte de temps, mon père, parce que je ne peux pas dire que je n'irai plus avec lui alors que je sais bien que mon corps me trahira chaque fois que je le verrai. Dieu le sait. Si je disais le contraire je lui mentirais, aussi bien qu'à vous, et je ne peux pas faire ça.

Combien de personnes étaient aussi proches de Dieu ? Le père Da Costa en était émerveillé. Il respira profondément, pour retenir cette boule dans la gorge qui menaçait de l'étouffer. Il dit d'une voix claire, avec fermeté :

— Que Notre Seigneur Jésus-Christ vous absolve et moi, par son autorité, je vous absous de tout lien d'excommunication et d'interdit, selon l'étendue de mon pouvoir et de vos besoins. Par conséquent, je vous absous de vos péchés, au nom du Père, du Fils et du Saint-Esprit. Ainsi soit-il.

Un silence suivit, puis elle dit :

— Mais je ne peux pas promettre de ne pas le revoir !

— Je ne vous le demande pas. Si vous estimez me devoir quelque chose, trouvez un autre emploi, c'est tout ce que je demande. Nous laisserons le reste à Dieu.

Le silence dura plus longtemps encore cette fois et il attendit, désespérément anxieux d'entendre la bonne réponse ; un soulagement indicible l'envahit quand elle arriva :

— Très bien, mon père, je vous le promets.

— Parfait. La messe du soir est à six heures. Je n'ai jamais plus de quinze à vingt personnes. Vous y serez la bienvenue.

La petite porte claqua quand elle partit et il resta assis là, soudain vidé. Avec un peu de chance, il avait dit ce qu'il fallait, agi comme il le fallait. Seul le temps le révélerait.

C'était bon de se sentir de nouveau utile. La porte s'ouvrit, il y eut un mouvement de l'autre côté de la grille.

— Bénissez-moi, mon père, parce que j'ai péché.

C'était une voix inconnue. Basse. Irlandaise. Sans aucun doute un homme cultivé.

— Que Notre Seigneur Jésus-Christ vous bénisse et vous aide à bien confesser vos péchés.

Il perçut une hésitation, puis :

— Mon père, y a-t-il des circonstances dans lesquelles ce que je vous dis maintenant pourrait être transmis à d'autres ?

Da Costa se redressa.

— Absolument aucune. Le secret de la confession est inviolable.

— Bien. Alors je ferais mieux d'en finir. J'ai tué un homme ce matin.

Le prêtre fut suffoqué.

— Tué un homme ? souffla-t-il. Assassiné, vous voulez dire ?

— Exactement.

Avec une brusque et terrible prémonition, le père Da Costa se pencha, essaya de voir à travers la grille. De l'autre côté, une allumette flamba et, pour la seconde fois de la journée, il vit la figure de Martin Fallon.

L'église était silencieuse quand Anna Da Costa sortit de la sacristie et traversa le chœur. Les partitions en braille étaient bien là où elle les avait laissées. Elle trouva sans difficulté celle qu'elle cherchait. Elle remit le reste à sa place sur le pupitre et resta quelques instants assise, se souvenant de l'inconnu à la douce voix irlandaise.

Il ne s'était pas trompé sur le registre de la trompette. Elle avança la main et effleura la tirette. Une petite chose, qui faisait tout détonner. Comme c'était curieux. Elle prit sa canne à tâtons et se leva au moment où, au-dessous d'elle dans la nef, une porte claquait ; la voix de son oncle s'éleva avec colère. Elle se figea, parfaitement immobile, dissimulée par les rideaux verts à côté de l'orgue.

Le père Da Costa fit irruption hors du confessionnal, en ouvrant la porte à la volée. Jamais elle ne l'avait entendu parler avec tant de fureur.

— Sortez ! Sortez de là, maudit, et regardez-moi en face si vous l'osez !

Anna entendit l'ouverture de l'autre porte du confessionnal, puis un pas léger et la voix douce qui disait :

— Nous revoilà donc, mon père.

Fallon attendit, les mains dans les poches de son trench-coat bleu marine. Le prêtre s'approcha de lui et demanda d'une voix basse, rauque :

— Vous êtes catholique ?

— Autant qu'on peut l'être, mon père.

Il y avait de la légèreté moqueuse dans le ton de Fallon.

— Alors vous devez savoir qu'il m'est impossible de vous donner l'absolution dans ces conditions. Vous avez assassiné un homme, de sang-froid, ce matin. Je vous ai vu. Vous le savez... Que voulez-vous de moi ?

— Je l'ai déjà obtenu, mon père. Comme vous l'avez dit, le secret de la confession est inviolable. Ce que je vous ai dit doit donc rester secret.

Le prêtre répondit d'une voix si douloureuse qu'Anna en souffrit comme d'un coup de poignard au cœur :

— Vous vous êtes servi de moi ! De la pire des manières ! Vous avez profité de cette église.

— J'aurais pu vous réduire au silence en vous logeant une balle entre les deux yeux. L'auriez-vous préféré ?

— Par certains côtés oui, je crois, répliqua le père Da Costa, qui s'était maîtrisé. Quel est votre nom ?

— Fallon. Martin Fallon.

— C'est votre vrai nom ?

— Pour moi, les noms sont comme le Livre du mois. Ils changent constamment. Je ne suis pas recherché sous celui de Fallon, disons.

— Je vois. Un choix intéressant. J'ai connu un prêtre qui portait ce nom. Vous savez ce qu'il signifie en irlandais ?

— Naturellement. Un étranger, de l'extérieur du feu de camp.

— Et vous jugez que c'est approprié ?

— Je ne vous suis pas.

— Je veux dire, est-ce ainsi que vous vous considérez ? Comme un desperado romanesque, en dehors de la foule ?

Fallon ne manifesta pas la moindre émotion.

— Je vais partir, maintenant. Vous ne me reverrez pas.

Il tourna les talons mais le père Da Costa le retint par le bras.

— L'homme qui vous a payé pour faire ce que vous

avez fait ce matin, Fallon ? Est-ce qu'il est au courant pour moi ?

Fallon l'examina pendant un long moment, en fronçant légèrement les sourcils, puis il sourit.

— Vous n'avez rien à craindre. On s'en est occupé.

— Pour un homme aussi malin, vous êtes vraiment très stupide, lui déclara le prêtre.

La porte de l'église s'ouvrit en claquant au vent. Une vieille femme coiffée d'un fichu entra. Elle trempa ses doigts dans l'eau bénite, fit une génuflexion et remonta par la travée. Le père Da Costa prit fermement le bras de Fallon.

— Nous ne pouvons pas causer ici. Venez avec moi.

Sur un côté de la nef, il y avait une cage — un monte-charge électrique utilisé par les ouvriers pour monter à la tour. Il y poussa Fallon et appuya sur le bouton. La cage s'éleva à travers l'échafaudage et passa par un trou dans la voûte. Elle s'arrêta enfin avec une secousse et Da Costa ouvrit la grille pour s'avancer sur un chemin de ronde soutenu par l'échafaudage qui encerclait le clocher, comme la passerelle d'un bateau.

— Que s'est-il passé ici ? demanda Fallon.

— Nous nous sommes trouvés à court d'argent, répondit le prêtre et il le conduisit le long de cette passerelle, sous la pluie.

Ni l'un ni l'autre n'entendirent le léger bourdonnement du monte-charge qui redescendait dans l'église. Quand il y arriva, Anna Da Costa y entra, referma la grille et chercha à tâtons le bouton.

Le panorama de la ville était magnifique, du haut de la passerelle, malgré le rideau gris de la pluie qui rendait les détails flous. Fallon regarda de tous côtés avec un plaisir évident. Il avait changé, d'une manière subtile, indéfinissable, et il souriait légèrement.

— Voilà ce que j'aime. « La terre n'a rien à montrer de plus beau. » N'est-ce pas ce que le poète a dit ?

— Dieu du ciel ! Je vous amène ici pour parler sérieusement et vous me citez Wordsworth ! Rien ne vous touche donc ?

— Ma foi, je ne vois pas quoi, répliqua Fallon en prenant son paquet de cigarettes. Vous fumez ?

Le père Da Costa hésita, puis il en prit une avec colère.

— Oui, et allez au diable !

— C'est ça, mon père, profitez-en tant que vous le pouvez, dit Fallon et il craqua une allumette pour lui donner du feu. Après tout, nous irons tous au diable de la même façon.

— Vous le croyez réellement ?

— D'après ce que j'ai vu de la vie, il me semble que c'est une conclusion raisonnable.

Fallon s'accouda au garde-fou, en fumant sa cigarette, et Da Costa l'observa un moment, en se sentant curieusement sans défense. Il y avait là une intelligence évidente, de la culture, une force de caractère, des qualités incontestables, et pourtant il lui semblait impossible de toucher cet homme.

— Vous n'êtes pas pratiquant, n'est-ce pas ? dit-il enfin.

Fallon secoua la tête.

— Pas depuis longtemps.

— Puis-je demander pourquoi ?

— Non, répondit calmement Fallon.

Da Costa fit encore un effort.

— La confession, Fallon, est un sacrement. Un sacrement de réconciliation.

Il se sentit soudain bête, parce qu'il commençait à parler dangereusement comme à une de ses classes de confirmation à l'école catholique locale, mais il persista quand même.

— Quand nous allons à confesse, nous allons à la rencontre de Jésus qui nous accueille, et parce que nous sommes en Lui, parce que nous regrettons, Dieu notre Père nous pardonne.

— Je ne demande pas de pardon. A personne.

— Aucun homme ne peut ainsi se damner pour l'éternité ! dit sévèrement Da Costa. Il n'en a pas le droit.

— Au cas où vous ne le sauriez pas, l'homme que j'ai tué s'appelait Krasko et c'était un immonde individu. Proxénète, fornicateur, trafiquant de drogue. Tous les crimes, il les a commis. Et vous voulez que je dise que je regrette ? Que je le plains ?

— C'était l'affaire de la police !

— La police ! s'exclama Fallon avec un rire dur. Les hommes comme lui sont au-dessus de la loi. Depuis des années, il était en sécurité derrière un triple rempart d'argent, de corruption et d'avocats. Au nom de n'importe quelle logique, je dis que j'ai rendu service à la société.

— Pour trente deniers d'argent ?

— Oh, bien plus que ça, mon père. Bien plus. Ne vous inquiétez pas, je mettrai quelque chose dans le tronc des pauvres, en sortant. J'en ai les moyens. (Il envoya sa cigarette dans le vide, d'une chiquenaude.) Je vais partir, maintenant.

Il se retourna et le père Da Costa le saisit par la manche et le fit pivoter vers lui.

— Vous commettez une erreur, Fallon. Je crois que vous allez découvrir que Dieu ne vous laissera pas agir à votre guise.

— Ne soyez pas naïf, mon père, répliqua froidement Fallon.

— D'ailleurs, il s'en est déjà mêlé. Croyez-vous que je me sois trouvé par hasard dans cette partie du cimetière, à ce moment-là ? Oh non, Fallon. Vous avez supprimé une vie mais Dieu vous a rendu responsable d'une autre. De la mienne.

Fallon était devenu très pâle. Il recula d'un pas, se retourna et marcha sans un mot vers le monte-charge. Alors qu'il arrivait à la hauteur d'un arc-boutant, un léger son lui fit tourner la tête à gauche et il vit Anna Da Costa, qui se cachait derrière.

Il l'attira au-dehors, avec douceur mais elle poussa quand même un petit cri de frayeur.

— Tout va bien, murmura Fallon. Je vous le promets.

Le père Da Costa se précipita et la lui arracha.

— Laissez-la tranquille !

Alors qu'il la serrait dans ses bras, Anna se mit à pleurer doucement. Fallon les observa, l'air soucieux.

— Elle en a peut-être trop entendu.

Le prêtre écarta un peu Anna et la contempla.

— Est-ce vrai ?

Elle baissa la tête et répondit dans un souffle :

— J'étais dans l'église.

Puis elle tendit les mains, pour se rapprocher à tâtons de Fallon.

— Quelle espèce d'homme êtes-vous ?

Elle trouva sa figure, d'une main, et il ne bougea absolument pas, comme s'il était changé en pierre. Elle eut un mouvement de recul, et son oncle passa autour d'elle un bras protecteur.

— Laissez-nous, chuchota-t-elle à Fallon. Je ne dirai rien de ce que j'ai entendu, à personne, je vous le promets, mais allez-vous-en et ne revenez pas. Je vous en prie!

Il y avait de la passion dans sa voix implorante. Le père Da Costa la serra contre lui et Fallon demanda :

— Elle parle sincèrement?

— Elle l'a dit, n'est-ce pas, répondit le prêtre. Nous prenons sur notre âme votre péché. Maintenant, disparaissez d'ici.

Fallon n'exprima aucune émotion. Il retourna vers le monte-charge. Quand il ouvrit la grille, Da Costa lui cria :

— Nous sommes deux, maintenant, Fallon. Deux vies dont vous êtes responsable. En avez-vous la force?

Fallon s'attarda un long moment, une main sur la grille ouverte, avant de répondre à voix basse :

— Tout ira bien. Je vous ai donné ma parole. Sur ma propre vie, si vous voulez.

Il entra dans la cage et ferma la grille. Un léger bourdonnement de moteur électrique, un écho sourd quand le monte-charge arriva en bas. Anna releva la tête.

— Il est parti?

— Oui. Tout va bien, maintenant.

— Il était déjà venu à l'église. Il m'a expliqué ce qui allait mal, dans l'orgue. Vous ne trouvez pas que c'est bien singulier?

— L'orgue?

Il la regarda d'un air effaré, puis il soupira, secoua la tête.

— Viens, maintenant. Je vais te ramener à la maison. Tu vas attraper la mort.

Quand il eut pressé le bouton ils attendirent la remontée du monte-charge. Anna demanda à mi-voix :

— Qu'allons-nous faire, oncle Michael ?

— A propos de Martin Fallon ? Pour le moment, rien. Ce qu'il m'a dit dans l'église a débordé du confessionnal à cause de ma colère et de mon impatience, aussi ce que tu as entendu fait encore partie de la confession. Je ne puis voir cela autrement... Je suis désolé, Anna. Je sais que c'est pour toi un fardeau intolérable mais je dois te demander de me donner ta parole que tu ne parleras de cela à personne.

— Mais j'en ai déjà parlé. A lui.

Une chose singulière à dire et il en fut profondément troublé.

Seul dans son bureau, le père Da Costa fit une chose qu'il faisait rarement, si tôt dans la journée. Il se servit un verre de whisky. Il le but lentement, debout devant la cheminée, en contemplant les flammes du petit feu de charbon.

— Alors, que faisons-nous maintenant, Michael ? se demanda-t-il à voix basse.

C'était une vieille habitude, ce genre de conversation avec son moi. Un vestige de trois ans de cellule, au secret, dans une prison chinoise de Corée du Nord. Utile dans toute situation où il avait besoin d'être aussi objectif que possible au sujet d'un problème personnel.

Mais, dans un sens, ce n'était pas son problème, c'était celui de Fallon, se dit-il tout à coup dans un instant d'illumination. Sa propre situation était telle qu'il avait les mains liées. Il ne pouvait pour ainsi dire rien faire ou dire. C'était à Fallon de jouer.

On frappa à la porte et Anna entra.

— L'inspecteur principal Miller, oncle Michael.

Miller se présenta, le chapeau à la main.

— Ah, vous voilà, inspecteur, dit le prêtre. Avez-vous fait la connaissance de ma nièce ?

Il fit les présentations. Anna était d'un calme remarquable. Elle ne faisait preuve d'aucune nervosité, ce qui le surprit.

— Eh bien, je vous laisse, dit-elle et elle hésita, devant la porte entrouverte. Vous allez sortir, mon oncle ?

— Pas tout de suite.

Miller fronça les sourcils.

— Je ne comprends pas, mon père. Je croyais...

— Un instant, inspecteur, s'il vous plaît, dit Da Costa et il jeta un coup d'œil à Anna, qui sortit en refermant la porte. Vous disiez ?

— Nous étions convenus que vous viendriez au siège pour examiner des photos, répondit le policier.

— Je sais, inspecteur. Mais ce n'est plus possible.

— Puis-je vous demander pourquoi, mon père ?

Le père Da Costa avait longuement réfléchi à la réponse qu'il donnerait mais il n'avait rien trouvé.

— Je crains de ne pouvoir vous aider, c'est tout, dit-il simplement.

Miller fut extrêmement étonné et ne s'en cacha pas.

— Reprenons depuis le début, mon père. Peut-être m'avez-vous mal compris. Tout ce que je veux, c'est que vous veniez à nos bureaux pour regarder des photos, dans l'espoir que vous reconnaîtrez notre ami de ce matin.

— Je sais, je sais.

— Et vous refusez quand même de venir ?

— Cela ne servirait à rien.

— Pourquoi ?

— Parce que je ne peux pas vous aider.

Pendant un instant, Miller crut fermement qu'il allait perdre la raison. Ce n'était pas possible. Cela n'avait aucun sens du tout, et il fut soudain pris d'un affreux soupçon.

— Est-ce que par hasard Meehan aurait fait pression sur vous ?

— Meehan ?

L'ahurissement du prêtre était si évident que Miller abandonna tout de suite cette idée.

— Je pourrais vous faire amener de force, officiellement, comme témoin, mon père.

— Vous pouvez conduire un cheval à l'abreuvoir mais vous ne pouvez pas le forcer à boire, inspecteur.

— Je peux bougrement essayer ! gronda Miller en allant ouvrir la porte. Ne me forcez pas à vous faire arrêter, monsieur le curé. Je n'aimerais pas ça mais je le ferai si je le dois.

— Monsieur l'inspecteur, répliqua calmement Da Costa, des hommes au caractère plus dur que le vôtre ont déjà essayé de me faire parler dans des circonstances où je ne le devais pas. Ils n'y ont pas réussi et vous n'y arriverez pas non plus, je peux vous l'assurer. Aucune puissance sur terre ne peut me faire parler de cette affaire si je ne le veux pas.

— C'est ce que nous verrons. Je vous laisse le temps d'y réfléchir et je reviendrai.

Miller allait sortir quand une autre idée folle lui vint et il se retourna lentement.

— Est-ce que vous l'avez revu, monsieur le curé,

depuis ce matin ? Avez-vous été menacé ? Votre vie est-elle en danger ?

— Au revoir, monsieur l'inspecteur, dit le père Da Costa.

La porte du presbytère claqua. Le prêtre alla finir son whisky et Anna entra sans bruit dans le bureau. Elle lui posa une main sur le bras.

— Il va s'adresser à Mgr O'Halloran.

— L'évêque étant actuellement à Rome, il me semble que c'est la démarche évidente.

— Est-ce que vous ne devriez pas lui parler d'abord ?

— Probablement. (Il vida son verre et le posa sur la cheminée.) Et toi ?

— Je veux faire des exercices à l'orgue. Je ne risquerai rien.

Elle le poussa dans le vestibule et décrocha le manteau de son oncle sans aucune hésitation.

— Qu'est-ce que je ferais sans toi ?

Elle lui sourit gaiement.

— Dieu seul le sait ! Rentrez vite.

Il sortit et elle referma la porte ; son sourire avait complètement disparu. Elle retourna dans le bureau, s'assit près du feu et laissa tomber sa tête dans ses mains.

Nick Miller était dans la police depuis près d'un quart de siècle. Vingt-cinq ans de travail harassant. En subissant l'hostilité de ses voisins, en ne passant qu'un week-end sur sept avec sa famille, ce qui détériorait ses rapports avec son fils et sa fille...

Il n'avait pas eu une instruction poussée mais c'était un homme intelligent, habile, rusé, possédant la faculté d'aller au cœur des choses et cela, allié à une profonde connaissance de la nature humaine apportée par des centaines de longues heures de patrouille le samedi soir, avait fait de lui un excellent policier.

Il n'avait aucun désir conscient d'aider la société. Son travail était, dans l'ensemble, d'arrêter les voleurs, et la société était formée de civils à qui il arrivait d'être mêlés à la guérilla constante existant entre la police et le criminel. Dans le fond, il préférait le criminel. Au moins, avec lui, on savait où on en était.

Mais Dandy Jack Meehan, c'était autre chose. Une corruption, c'est toute la corruption, avait-il lu un jour quelque part, et si cela s'appliquait à un être humain, cet être était bien Meehan.

Miller le détestait, de cette sorte de haine obsédante qui finit par devenir autodestructrice. Pour être précis, il avait consacré dix ans de sa vie à Dandy Jack, sans le moindre succès. Meehan devait être le responsable de l'assassinat de Krasko, c'était une évidence. La rivalité entre les deux hommes était notoire depuis au moins deux ans.

Pour la première fois depuis Dieu sait quand, il avait une chance et voilà qu'à présent, ce prêtre...

Quand il monta dans sa voiture, à l'arrière, il tremblait de rage et, cédant à une impulsion subite, il demanda au chauffeur de le conduire au siège de l'entreprise de pompes funèbres de Meehan. Puis il se carra dans un coin et il essaya d'allumer sa pipe avec des doigts frémissants.

5

Dandy Jack

Paul's Square était un poumon vert au cœur de la ville, un demi-hectare d'herbe, de massifs fleuris et de saules avec une fontaine au milieu, entouré sur les quatre côtés par un ensemble d'hôtels particuliers du début du XIXe siècle, dont la plupart abritaient des cabinets d'avocats et de médecins.

Il y régnait une atmosphère de paisible dignité qui convenait parfaitement aux pompes funèbres de Meehan. Trois des maisons du côté nord avaient été rénovées pour fournir toutes les commodités possibles, depuis le magasin de fleurs jusqu'à une chapelle du Repos. D'un côté, une entrée d'anciennes écuries donnait sur un parking et un garage, entourés de hauts murs afin que tout se passe le plus discrètement du monde, ce qui ne manquait pas d'être utile en certaines occasions.

Quand le grand corbillard Bentley entra dans le parking peu après une heure, Meehan était assis à l'avant avec le chauffeur et Billy. Il portait son habituel pardessus foncé croisé et son chapeau à bord roulé, avec une cravate noire car il venait d'officier en personne à des obsèques, ce matin-là.

Le chauffeur fit le tour pour ouvrir la portière et Meehan descendit, suivi par son frère.

— Merci, Donner, dit-il.

Un petit whippet gris buvait dans son bol près de la porte de service.

— Ici, Tommy ! appela Billy.

Le chien tourna la tête, se rua à travers la cour et vint lui sauter dans les bras. Billy lui gratta les oreilles et Tommy lui lécha la figure avec frénésie.

— Allons, allons, petit coquin, dit-il avec une réelle affection.

— Je me tue à te le dire, grogna Meehan. Il va pourrir ton manteau. Il colle des poils partout, bon Dieu.

Quand il s'approcha de la porte, Varley sortit du garage et l'attendit, la casquette à la main. Il avait un tic nerveux à la joue droite et son front luisait de sueur. Il semblait être sur le point de défaillir. Meehan s'arrêta, les mains dans les poches, et le toisa calmement.

— Tu as une mine de déterré, Charlie. Tu as été un méchant garçon, ou quoi ?

— Pas moi, monsieur Meehan ! protesta Varley. C'est cet imbécile, Fallon. Il...

— Pas ici, Charlie. J'aime toujours mieux écouter les mauvaises nouvelles en privé.

Meehan fit signe à Donner, qui ouvrit la porte de service et s'écarta. Meehan entra dans ce que l'on appelait le salon de réception. Il était désert, vide à part un chariot à cercueils dans le centre.

Il mit une cigarette à sa bouche et se baissa pour lire la plaque de cuivre sur le cercueil.

— C'est pour quand, ça ?

Donner s'approcha, un briquet déjà allumé à la main.

— Trois heures trente, monsieur Meehan.

Il avait un accent australien et une bouche un peu tordue, avec une la cicatrice encore visible laissée par l'opération d'un bec-de-lièvre. Cela lui donnait un aspect singulièrement repoussant, compensé dans une certaine mesure par l'uniforme foncé cousu main.

— Est-ce que c'est une incinération ?

— Un enterrement, monsieur Meehan.

— Très bien. Bonati et toi vous en occuperez. J'ai dans l'idée que je vais avoir du travail.

Il se retourna, un bras sur le cercueil. Billy, adossé au mur, caressait le whippet. Varley se tenait humblement dans le coin, avec la mine d'un condamné attendant que la trappe s'ouvre sous ses pieds pour le plonger dans l'éternité.

— C'est bon, Charlie, dit Meehan. Raconte-moi le pire.

Varley raconta ; les mots se bousculaient sur ses lèvres, tant il était pressé. Quand il eut fini, un assez long silence tomba. Meehan n'avait exprimé aucune espèce d'émotion.

— Donc, il va venir ici à deux heures ?

— C'est ce qu'il a dit, monsieur Meehan.

— Et la camionnette ? Tu l'as conduite au chantier du ferrailleur comme je te l'ai ordonné ?

— Je l'ai vue de mes yeux entrer dans le broyeur, comme vous l'avez dit.

Varley attendit le verdict, la figure moite de sueur. Meehan sourit brusquement et lui tapota la joue.

— Tu as été très bien, Charlie. Pas ta faute si les choses ont mal tourné. Laisse-moi faire. Je m'en occuperai.

Le soulagement parut suinter de Varley comme de l'eau sale. Il dit d'une voix mourante :

— Merci, monsieur Meehan. J'ai fait de mon mieux ; je vous jure. Vous me connaissez.

— Va manger un morceau. Et puis retourne laver la voiture. Si j'ai besoin de toi, je t'enverrai chercher.

Varley s'en alla. La porte se ferma. Billy pouffa, en caressant les oreilles du whippet.

— Je t'ai dit qu'il créerait des emmerdes. Nous aurions pu nous occuper de ça nous-mêmes, mais tu n'as pas voulu m'écouter.

Meehan l'attrapa par ses longs cheveux blancs et le garçon laissa tomber le chien, en poussant un cri de douleur.

— Tu veux que je devienne méchant, Billy ? Hein ? C'est ça que tu veux ? murmura-t-il.

— Je ne pensais pas à mal, Jack ! gémit Billy.

Meehan le repoussa.

— Alors sois un bon garçon. Dis à Bonati que je le veux et puis prends une des bagnoles et va chercher le gros Albert.

Billy se passa nerveusement le bout de la langue sur les lèvres.

— Albert ? souffla-t-il. Je t'en prie, Jack, tu sais que je ne peux pas supporter ce type-là. Il me flanque une peur bleue.

— Tant mieux. Je m'en souviendrai la prochaine fois que tu feras un pas de travers. Nous ferons venir Albert pour qu'il te prenne en main, dit Meehan avec un mauvais rire. Ça te plairait, ça ?

Les yeux de Billy s'arrondirent de terreur.

— Non, je t'en supplie, Jack. Non, pas Albert.

— Alors tâche d'être sage. (Meehan lui tapota la joue et ouvrit la porte.) Allez, file.

Billy sortit et Meehan revint en soupirant vers Donner.

— Je ne sais pas ce que je vais faire de lui, Frank. Je ne le sais vraiment pas.

— Il est jeune, monsieur Meehan.

— Il ne pense qu'aux filles. De sales petites putes en minijupe qui montrent tout ce qu'elles ont, grogna Meehan en frémissant d'un dégoût sincère. Je l'ai même surpris en train de se taper la femme de ménage, un après-midi. Cinquante-cinq ans et des poussières... et sur mon lit, encore !

Donner garda un silence diplomatique et Meehan ouvrit une porte, dans le fond, qui donnait dans la chapelle du Repos. La climatisation y entretenait une atmosphère fraîche et pure, parfumée de fleurs. De la musique d'orgue enregistrée fournissait un fond sonore propice aux dévotions.

Il y avait six alcôves de chaque côté. Meehan ôta son chapeau et entra dans la première. Il y avait des fleurs partout et le cercueil était posé sur un chariot drapé de noir.

— Qui c'est, ça ?

— Cette jeune fille ? L'étudiante qui est passée par le pare-brise de la voiture de sport, répondit Donner.

— Ah oui. Je l'ai faite moi-même.

Il souleva l'étoffe recouvrant le visage. La morte devait avoir dix-huit ou dix-neuf ans ; elle avait les yeux fermés, les lèvres entrouvertes, la figure si adroitement maquillée et arrangée qu'elle avait réellement l'air de dormir.

— Vous avez fait un beau boulot, là, monsieur Meehan.

Il hocha la tête avec complaisance.

— Ma foi, je suis d'accord avec toi, Frank. Tu veux savoir ? Il ne restait pas de chair sur sa joue gauche, quand elle est arrivée. La figure de cette fille, c'était du hamburger, moi je te le dis.

— Vous êtes un artiste, monsieur Meehan, assura

Donner avec une sincère admiration. Un véritable artiste. Y a pas d'autre mot.

— Tu es gentil de le dire, Frank. Je l'apprécie vraiment. Je fais toujours de mon mieux, naturellement, mais un cas comme ça, une jeune fille... Eh bien, il faut penser aux parents.

— Ça, c'est bien vrai, monsieur Meehan.

De la chapelle, ils passèrent dans le hall d'entrée, magnifiquement conservé dans son style, avec les plaques bleues et blanches en wedgwood d'époque sur les murs. Sur la droite, une porte vitrée donnait dans le salon de réception. En approchant, ils entendirent des voix et quelqu'un qui pleurait.

La porte s'ouvrit et une très vieille femme apparut en sanglotant. Elle avait un foulard sur la tête et un manteau de lainage élimé, qui se défaisait aux coutures. Un cabas à un bras, elle serrait dans sa main gauche une pochette de cuir usée. Sa figure était rouge et bouffie de larmes.

Henry Ainsley, l'employé de la réception, la suivait. C'était un homme grand et maigre aux joues creuses et aux yeux chafouins. Il portait un strict costume gris foncé et une cravate sobre. Il avait des mains molles.

— Je suis navré, madame, disait-il d'une voix sèche, mais c'est comme ça. D'ailleurs, vous pouvez désormais tout laisser entre nos mains.

— Qu'est-ce qui est comme ça ? demanda Meehan en s'avançant pour mettre les mains sur les épaules de la vieille dame. Allons, allons, faut pas pleurer comme ça, mon chou. Qu'est-ce qui se passe ?

— Tout va bien, monsieur Meehan. Cette vieille dame est simplement toute bouleversée. Elle vient de perdre son mari, expliqua Ainsley.

Meehan ne lui répondit pas et entraîna la veuve dans le bureau. Il la fit asseoir dans un fauteuil.

— Alors, mon chou, racontez-moi tout ça.

Il lui prit la main et elle s'y cramponna.

— Quatre-vingt-dix ans, il avait. Je croyais qu'il allait durer éternellement et puis je l'ai trouvé en bas de l'escalier quand je suis revenue de la chapelle, samedi soir, dit-elle en pleurant. Il était si fort, même à cet âge. Je ne pouvais pas y croire.

— Je sais, mon chou, et maintenant vous venez ici pour l'enterrer ?

— Oui. Je n'ai pas grand-chose, mais je ne voulais pas de l'enterrement des pauvres, pour lui. Je voulais que ce soit comme il faut. Je croyais que je pourrais bien m'arranger avec l'argent de l'assurance et puis ce monsieur, là, il me dit que ça fait soixante-dix livres.

— Non, écoutez, monsieur Meehan, c'était comme ceci, intervint Ainsley.

Meehan se tourna vers lui et le regarda fixement. Ainsley se troubla et se tut.

— Vous avez payé en espèces, mon chou ?

— Oh oui, dit-elle. Je suis passée au bureau de l'assurance, en venant, et ils m'ont payée sur la police. Cinquante livres. Je croyais que ce serait assez.

— Et les vingt autres ?

— J'avais vingt-cinq livres aux chèques postaux.

— Je vois, dit Meehan en se redressant. Montrez-moi le dossier.

Ainsley se précipita dans le bureau et y prit une mince liasse de papiers qui tremblèrent un peu quand il les remit. Meehan les parcourut. Puis il sourit avec ravissement et mit une main sur l'épaule de la vieille dame.

— J'ai une bonne nouvelle pour vous, mon chou. Il y a eu une erreur.

— Une erreur ?

Il prit son portefeuille et en retira vingt-cinq livres.

— M. Ainsley oubliait le tarif spécial que nous offrons aux vieux retraités, cet automne.

Elle regarda l'argent, d'un air égaré.

— Un tarif spécial ? Dites, ça ne sera pas un enterrement des pauvres, au moins ? Je ne voudrais pas de ça.

Meehan l'aida à se lever.

— Jamais de la vie. Le meilleur. Secteur privé. Je vous le garantis. Et maintenant allons nous occuper de vos fleurs.

— Des fleurs ? Oh, comme ce serait bien ! Il adorait les fleurs, mon Bill.

— C'est tout compris, mon chou, assura Meehan et il jeta un coup d'œil à Donner par-dessus son épaule. Garde-le ici. Je reviens.

Une porte avait été pratiquée dans le mur du fond, qui donnait dans le magasin de fleurs d'à côté. Quand Meehan fit entrer la vieille dame, un grand jeune homme svelte aux longs cheveux bruns et à la bouche bien dessinée se précipita.

— Oui, monsieur Meehan ? Qu'y a-t-il pour votre service ? demanda-t-il en zozotant légèrement.

Meehan lui tapota la joue.

— Tu vas aider cette brave dame à choisir un tas de fleurs. Les plus belles de la boutique et une couronne. Aux frais de la maison, naturellement.

Rupert accepta la situation sans broncher.

— Certainement, monsieur Meehan.

— Et occupe-toi de la faire reconduire chez elle par un des gamins. Alors, ça va mieux maintenant, mon chou ?

Elle se haussa sur la pointe des pieds et l'embrassa sur la joue.

— Vous êtes un homme bon. Un homme merveilleux. Dieu vous bénisse.

— C'est ce qu'il fait, mon chou, assura Dandy Jack Meehan. Tous les jours de ma vie.

Et il sortit.

— La mort, c'est quelque chose qu'on doit respecter, déclara Meehan. Cette vieille dame, par exemple. D'après le formulaire qu'elle a rempli, elle a quatre-vingt-trois ans. Enfin quoi, c'est une chose merveilleuse.

Il était assis dans son fauteuil à bascule, devant le bureau. Henry Ainsley était debout devant lui, Donner près de la porte. Ainsley s'agita nerveusement et s'efforça de sourire.

— Oui, je comprends ce que vous voulez dire, monsieur Meehan.

— C'est vrai, Henry ? Je me le demande.

On frappa à la porte et un petit homme tiré à quatre épingles entra, en imperméable ceinturé. Il avait l'air d'un Italien du Sud mais parlait avec un fort accent du Yorkshire du Sud.

— Vous voulez me parler, monsieur Meehan ?

— Oui, Bonati. Entre, dit Meehan et il se retourna vers Ainsley. Oui, je me le demande, répéta-t-il. A ce que je vois, c'était strictement un truc d'assurances. Elle est visiblement de la classe ouvrière. La police est de cinquante livres, tu fixes le prix à soixante-dix et la vieille chérie les allonge parce qu'elle ne peut pas supporter que son Bill ait l'enterrement des pauvres. Tu lui as donné un reçu de cinquante, qu'elle est trop vieille et trop bouleversée pour lire, et tu inscris cinquante dans le registre.

Ainsley tremblait comme une feuille.

— S'il vous plaît, monsieur Meehan, s'il vous plaît. J'ai eu certaines difficultés, dernièrement.

Meehan se leva.

— Il a été amené, son mari ?

Ainsley hocha la tête.

— Ce matin. Il est au numéro trois. Il n'a pas encore été préparé.

— Amène-le, dit Meehan à Donner et il sortit.

Il passa dans l'alcôve numéro trois, dans la chapelle du Repos, et alluma. Les autres le suivirent. Le vieillard était couché dans un cercueil ouvert, recouvert d'un drap que Meehan rabattit. Le mort était tout nu. Il était évident qu'il avait été un homme remarquablement fort, avec un torse et des épaules d'haltérophile... Meehan le contempla avec admiration.

— C'était un taureau, celui-là, pas d'erreur. Regardez-moi cette bite ! s'exclama-t-il en se tournant vers Ainsley. Pense à toutes les femmes qu'il a extasiées. Pense à cette vieille dame. Bon Dieu, je vois bien pourquoi elle l'aimait. C'était un homme, ce vieux-là.

Meehan lui donna un violent coup de genou. Henry Ainsley porta trop tard les mains à ses organes génitaux et s'écroula en laissant échapper un cri étranglé.

— Emmène-le dans la salle des cercueils, dit Meehan à Donner. Je vous rejoins dans cinq minutes.

Quand Henry Ainsley reprit connaissance, il était allongé sur le dos, les bras étendus, avec Donner d'un côté et Bonati de l'autre.

La porte s'ouvrit et Meehan entra. Il le considéra un moment, puis il hocha la tête

— C'est bon, ramassez-le.

La pièce servait à entreposer les cercueils, qui n'étaient pas fabriqués sur place, mais il y avait deux établis et un choix d'outils de menuisier à un râtelier accroché au mur.

— Je vous en supplie, monsieur Meehan, implora Ainsley.

Meehan fit signe à Donner et Bonati traîna Ainsley en travers d'un des établis, les bras étirés, les mains retournées. Meehan se pencha sur lui.

— Je vais te donner une leçon, Henry. Pas parce que tu as tenté de me voler vingt livres. Ça, c'est une chose qui est inadmissible, mais c'est bien plus que ça. Tu comprends, je pense à cette brave vieille. Elle n'a jamais rien eu dans sa vie. Tout ce qu'elle a eu, c'est d'avoir été baisée à mort.

Ses yeux brûlaient, à présent, et sa voix devenait singulièrement rêveuse.

— Elle m'a rappelé ma vieille maman, je ne sais pas pourquoi. Mais je sais une chose. Elle a mérité du respect, tout comme son bonhomme a mérité mieux que l'enterrement des pauvres.

— Vous vous trompez, monsieur Meehan, bafouilla Ainsley.

— Non, Henry, c'est toi qui t'es trompé.

Meehan choisit deux poinçons au râtelier. Il en éprouva la pointe sur son pouce puis il en enfonça un au creux de la main droite d'Ainsley, pour la clouer à l'établi. Quand il répéta l'opération avec le second, Ainsley perdit connaissance. Meehan s'adressa à Donner :

— Cinq minutes, et puis tu le libères et tu lui dis que s'il n'est pas au bureau à l'heure demain matin, j'aurai ses couilles.

— D'accord, monsieur Meehan. Et pour Fallon ?

— Je serai dans la salle de préparation. J'ai à embaumer quelqu'un. Quand Fallon arrivera, garde-le dans le bureau jusqu'à ce que je sois monté à l'appartement, et puis amène-le. Et je veux Albert là-haut, dès qu'il arrivera.

— Avec des gants, monsieur Meehan ?

— Mais bien sûr, Frank. Bien sûr.

Meehan sourit, tapota la joue d'Ainsley et sortit de la salle.

La salle de préparation était de l'autre côté de la chapelle du Repos. Meehan y entra et ferma bien la porte. Il aimait être seul, dans ces cas-là. Cela lui permettait de mieux se concentrer et rendait en quelque sorte l'affaire plus personnelle.

Un cadavre l'attendait sur la table, au centre de la pièce, recouvert d'un drap. A côté, les instruments de son art étaient disposés sur un linge blanc, sur une table roulante. Scalpels, ciseaux, forceps, aiguilles chirurgicales de différentes tailles, cathéters, une grosse seringue en caoutchouc et une bonbonne contenant une dizaine de litres de liquide à embaumer. Sur le plateau inférieur de la table, il y avait un assortiment de produits de maquillage, fonds de teint et poudres, tous fabriqués sur commande.

Il ôta le drap et le plia soigneusement. Le corps était celui d'une femme de quarante ans, belle, brune. Il se rappelait son cas. Une histoire d'insuffisance cardiaque. Elle était morte au milieu d'une phrase, en train de discuter des projets de Noël avec son mari.

Elle conservait cette expression vaguement surprise

que prennent beaucoup de gens dans la mort, la bouche entrouverte, comme si elle était stupéfaite qu'une chose pareille lui arrive, à elle.

Meehan choisit une longue aiguille courbe et fit adroitement passer un fil en partant de sous la lèvre supérieure, à travers la cloison nasale et de nouveau sous la lèvre ; ainsi, quand il serrerait le fil et le nouerait, la mâchoire serait refermée.

Les globes oculaires étaient tombés au fond des orbites. Il y remédia en glissant un petit anneau de coton sous la paupière avant de la refermer, puis il disposa aussi du coton entre les lèvres et les gencives et dans les joues pour donner un air plus plein, plus naturel.

Il était totalement absorbé par ce travail et sifflotait tout bas entre ses dents, un pli de concentration barrant son front. Sa colère contre Ainsley s'était totalement évaporée. Même Fallon avait cessé d'exister. Du bout du doigt, il passa un peu de crème sur les lèvres froides, prit du recul et hocha la tête avec satisfaction. Il était maintenant prêt à commencer le processus d'embaumement.

Le corps pesait soixante kilos ; il avait donc besoin d'environ cinq litres du mélange dont il se servait habituellement : formol, glycérine, borax avec un peu de phénol et du citrate de sodium comme anticoagulant.

Comme c'était un cas assez simple, avec peu de complications à prévoir, il décida de commencer comme d'habitude par l'artère axillaire. Il étendit le bras gauche à angle droit, le coude soutenu par une cale de bois, prit un bistouri et pratiqua sa première incision entre le milieu de la clavicule et l'articulation du coude.

Une heure plus tard environ, alors qu'il terminait par un nœud sa dernière suture, il fut dérangé par un bruit confus au-dehors. Des voix furieuses, et puis une porte ouverte à la volée. Meehan jeta un coup d'œil par-dessus son épaule. Miller était là et Billy essayait de se glisser devant lui.

— J'ai essayé de le retenir, Jack !

— Va faire du thé, lui dit Meehan. J'ai soif. Et ferme cette porte. Tu vas faire monter la température d'ici. Combien de fois faut-il que je te le dise ?

Billy se retira en fermant la porte sans bruit et Meehan retourna auprès du cadavre. Il prit un pot de fond de teint et en passa sur la figure de la morte, avec des gestes d'une délicatesse infinie, sans faire le moins du monde attention à Miller.

Le policier alluma une cigarette ; l'allumette craqua désagréablement dans le silence et Meehan, sans se retourner, ordonna ·

— Pas ici. Ici, nous nous imposons le respect.

— Sans blague ! dit Miller, qui jeta quand même la cigarette par terre et l'écrasa du pied.

Il s'approcha de la table. Meehan appliquait maintenant un fard-crème discret sur les pommettes et, sous ses doigts, la morte semblait revivre. Miller l'observa un moment, avec une fascination horrifiée.

— Vous aimez vraiment votre travail, n'est-ce pas, Jack ?

— Qu'est-ce que vous voulez ? demanda calmement Meehan.

— Vous.

— Rien de nouveau, là, hein ? Toujours pareil, n'importe qui tombe et se casse une jambe par ici vous venez me trouver.

— D'accord, dit Miller. Alors nous entrerons dans les détails. Jan Krasko est allé au cimetière ce matin, pour porter des fleurs sur la tombe de sa mère. Il fait cela depuis plus d'un an, tous les jeudis régulièrement.

— Alors, comme ça, le fumier avait un cœur, hein ? Pourquoi est-ce que vous venez me le raconter ?

— A onze heures et demie, environ, quelqu'un lui a logé une balle dans le crâne. Du vrai travail de professionnel. Bien propre et bien public, pour que tout le monde reçoive le message.

— Et qu'est-ce que ce serait, ce message ?

— Fricotez pas avec Meehan, sinon gare.

Meehan ajouta calmement un nuage de poudre au visage.

— J'avais un enterrement, ce matin. Le vieux Marcus, le tailleur. A onze heures et demie, j'étais assis à Saint-Sauveur en train d'écouter le curé mettre son grain de sel. Demandez à Billy, il était avec moi. Demandez à une centaine d'autres personnes, y compris le maire. Il avait des tas d'amis, le vieux Marcus, mais aussi, c'était un gentleman. Il n'en reste pas beaucoup de son espèce, de nos jours.

Il donna un peu d'éclat aux sourcils et aux cils, avec de la vaseline, puis il colora les lèvres. L'effet était vraiment remarquable. Cette femme avait l'air de dormir, simplement.

— Je me moque de l'endroit où vous étiez, dit Miller. Ce crime porte votre signature.

Meehan se tourna enfin vers lui, en s'essuyant les mains sur un torchon.

— Prouvez-le, répliqua-t-il sans se troubler.

Tout le dépit et les frustrations de longues années montèrent à la gorge de Miller et menacèrent de l'étouffer, au point qu'il desserra sa cravate et déboutonna son col.

— Je vous aurai pour ça, Meehan, gronda-t-il. Je vous collerai ça sur le dos, quitte à en crever moi-même. Cette fois, vous êtes allé trop loin.

Les yeux de Meehan devinrent en quelque sorte lumineux, toute sa personnalité prit une nouvelle dimension, un pouvoir parut émaner de lui comme de l'électricité.

— Vous ? Me toucher ? railla-t-il froidement et, tournant la tête, il désigna la morte. Regardez-la, Miller. Elle était morte. Je lui ai redonné la vie. Et vous vous figurez que vous pouvez me toucher ?

Miller recula d'un pas, malgré lui, et Meehan cria :

— Allez-vous-en. Foutez-moi le camp d'ici !

Et Miller s'en alla comme s'il avait tous les diables du monde à ses trousses.

Un grand silence tomba dans la salle de préparation. Meehan resta un moment immobile, en respirant fort, puis il prit un grand pot de crème corporelle et retourna auprès de la morte.

— Je t'ai rendu la vie, murmura-t-il. La vie.

Et il se mit à masser le corps en faisant pénétrer la crème.

6

Face à face

Il pleuvait encore quand Fallon traversa Saint-Paul's Square et gravit les marches de l'entrée principale. Quand il voulut s'adresser au bureau, il le trouva vide mais bientôt Rupert apparut, qui l'avait vu arriver par la porte vitrée du magasin de fleurs.

— Vous désirez, monsieur ?

— Je m'appelle Fallon. Meehan m'attend.

— Certainement, monsieur, dit Rupert avec une politesse exquise. Si vous voulez bien attendre dans le bureau, je vais voir où il est.

Il sortit. Fallon alluma une cigarette et attendit. Rupert mit dix bonnes minutes avant de reparaître.

— Je vais vous conduire en haut, annonça-t-il et, avec un grand sourire, il passa dans le vestibule.

— Et où est-ce que c'est, en haut ? demanda Fallon.

— M. Meehan a fait réunir les greniers des trois hôtels en un vaste appartement pour son usage personnel. C'est superbe.

Ils arrivèrent devant un petit ascenseur mais quand Rupert voulut ouvrir la porte, Fallon demanda :

— C'est le seul chemin ?

— Il y a un escalier de service.

— Alors nous passons par le service.

Le sourire affable de Rupert dérapa quelque peu.

— Allons, allons, ne jouez pas au petit soldat, mon

mignon. Ça va agacer M. Meehan, ce qui veut dire que je passerai une sacrée nuit et, pour être tout à fait franc, je ne suis pas d'humeur à ça.

— J'aurais plutôt cru que tu en savourerais chaque minute enchantée, dit Fallon et il lui décocha un méchant coup de pied dans les tibias.

Rupert poussa un cri, tomba sur un genou et Fallon tira le Ceska de sa poche. Il avait dévissé le silencieux mais c'était quand même un outil à l'aspect absolument redoutable. Rupert blêmit mais resta vaillant jusqu'au bout.

— Il va vous clouer au pilori pour ça. Personne n'ose coiffer au poteau M. Meehan !

Fallon remit le Ceska dans sa poche.

— L'escalier, murmura-t-il.

— D'accord, d'accord, à vos risques et périls, mon mignon, marmonna Rupert en se frottant le tibia.

L'escalier se trouvait près de l'entrée de la chapelle du Repos. Ils montèrent trois étages, Rupert en tête. Au sommet, il y avait une porte capitonnée et il s'arrêta à quelques marches au-dessous.

— Ça donne directement dans la cuisine.

— Bien. Tu ferais mieux de retourner t'occuper de la boutique, petit.

Rupert ne se le fit pas dire deux fois et se dépêcha de redescendre. Fallon ouvrit la porte sans bruit et se trouva effectivement dans une cuisine. Par la porte du fond entrouverte, il entendit des voix.

Il traversa sur la pointe des pieds et jeta un coup d'œil dans une pièce somptueusement meublée, avec des fenêtres mansardées de chaque côté. Meehan était assis dans un fauteuil de cuir, un livre dans une main, un verre de whisky dans l'autre. Billy, le whippet dans les bras, était debout devant une cheminée de style Adam où pétillait un feu de bois. Donner et Bonati attendaient de part et d'autre de l'ascenseur.

— Qu'est-ce qui le retient, bon Dieu ? grommela Billy.

Le whippet sauta de ses bras et courut à la porte de la cuisine devant laquelle il s'arrêta en aboyant. Fallon entra dans le salon et se baissa pour lui gratter les oreilles, la main droite dans la poche de sa veste.

Meehan posa son livre sur la table et se donna une claque sur la cuisse.

— Je te disais bien que c'était un sacré dur, dit-il à Billy.

Le téléphone sonna. Il décrocha, écouta un moment et sourit.

— Tout va bien, mon lapin, retourne à ton travail. Je peux m'en occuper, déclara-t-il et il raccrocha. C'était Rupert. Il se fait du souci pour moi.

— C'est gentil, dit Fallon.

Il s'adossa contre le mur à côté de la porte de la cuisine, les mains dans les poches. Donner et Bonati s'avancèrent rapidement et se postèrent derrière le grand canapé de cuir, en lui faisant face. Meehan but une gorgée de whisky et reprit son livre. C'était *La Cité de Dieu,* de saint Augustin.

— Tu l'as lu celui-là, Fallon ?

— Il y a longtemps.

Fallon prit une cigarette de sa main gauche.

— C'est bon, reprit Meehan. Il savait de quoi il parlait. Dieu et le diable, le bien et le mal. Ils existent tous les deux. Et la sexualité.

Il vida son verre et éructa.

— Il a vraiment mis les choses au point, là. Les femmes ne font que pomper un homme pour le vider, comme je m'entête à le dire à mon petit frère, mais il ne veut pas m'écouter. Tout ce qui porte un jupon, il saute dessus. Tu as déjà vu un chien courir après une chienne en chaleur, la langue pendante ? Eh bien, c'est notre Billy, vingt-quatre heures sur vingt-quatre.

Il se versa un autre whisky et Fallon attendit. Ils attendirent tous. Meehan regardait dans le vague.

— Non, ces sales petites putes ne sont bonnes pour personne et les garçons ne valent pas mieux. Je me demande où sont passés tous les gentils petits bien propres, de seize ou dix-sept ans, qu'on voyait dans le temps ? De nos jours, vus de dos ils ont tous l'air de filles.

Fallon ne dit rien. Un nouveau silence tomba et Meehan tendit encore la main vers la bouteille de whisky.

— Albert ! appela-t-il. Qu'est-ce que tu attends pour nous tenir compagnie ?

La porte de la chambre s'ouvrit. Un temps, puis un homme entra dans la pièce, si grand qu'il dut baisser la tête pour passer par la porte. C'était un anachronisme ambulant. Un homme de Néanderthal en costume gris mal coupé, qui devait peser au moins cent vingt-cinq kilos. Il était complètement chauve et avait les bras si longs que ses mains lui arrivaient presque aux genoux.

Il s'avança d'un pas lourd, ses petits yeux porcins fixés sur Fallon. Billy s'écarta nerveusement de son chemin et Albert se laissa tomber dans un fauteuil de l'autre côté de Meehan, près du feu.

— C'est bon, Fallon. Tu as bousillé l'affaire.

— Vous vouliez Krasko mort. En ce moment, il est sur une dalle à la morgue, répliqua Fallon.

— Et le prêtre qui t'a vu en pleine action ? Ce père Da Costa ?

— Pas de problème.

— Il peut t'identifier, non? Varley dit qu'il était assez près pour te compter les rides sur la figure.

— C'est vrai, mais ça n'a pas d'importance. Je l'ai réduit au silence.

— Tu veux dire que tu l'as descendu? demanda Billy.

— Pas besoin, rétorqua Fallon et il demanda à Meehan : Vous êtes catholique?

Meehan hocha la tête en fronçant les sourcils.

— Quel rapport?

— Quand est-ce que vous êtes allé à confesse pour la dernière fois?

— Comment veux-tu que je le sache? Il y a si longtemps que j'ai oublié.

— J'y suis allé aujourd'hui. C'est là que j'ai été. J'ai attendu mon tour à la confession d'une heure de Da Costa. Une fois dans le confessionnal, je lui ai dit que j'avais tué Krasko.

— Mais c'est de la folie! cria Billy. Il t'a vu de ses yeux, pas vrai?

— Mais il ne savait pas que c'était moi dans ce confessionnal, pas avant de regarder à travers la grille et de me reconnaître, mais je m'étais déjà confessé.

— Et alors quoi? cria Billy.

Mais son frère le faisait déjà taire d'un geste; il avait la mine grave.

— J'ai compris. Naturellement. Tout ce qui est dit à un prêtre en confession doit rester secret. Ils le garantissent bien, pas vrai?

— Précisément, dit Fallon.

— C'est le plus gros ramassis de conneries que j'aie jamais entendu! protesta Billy. Il est vivant, non? Et il sait. Alors qu'est-ce qui nous garantit qu'il ne va pas décider brusquement d'ouvrir sa grande gueule?

— Disons simplement que ce n'est pas vraisemblable, dit Fallon. Et même s'il parlait, ça n'aurait pas d'importance. Je dois être expédié de Hull, dimanche soir... à moins que vous ayez oublié ?

— Je ne sais pas, dit Meehan. Billy a peut-être raison.

— Billy ne trouverait pas le chemin des toilettes si vous ne le preniez pas par la main, rétorqua tranquillement Fallon.

Un long silence. Meehan le regarda, l'air impassible, et Albert prit dans la cheminée un tisonnier d'acier et de cuivre qu'il tordit en forme de fer à cheval, entre ses grandes mains, sans jamais quitter des yeux la figure de Fallon. Meehan éclata d'un rire imprévu.

— C'est bon, ça. C'est très bon. Ça me plaît.

Il se leva, alla vers un bureau dans le coin, ouvrit un tiroir avec une clef, y prit une grande enveloppe et retourna à son fauteuil. Il jeta l'enveloppe sur la table basse.

— Il y a quinze cents livres là-dedans, dit-il. Tu recevras encore deux sacs à bord, dimanche soir, avec ton passeport. Et nous serons quittes.

— C'est très aimable à vous, dit Fallon.

— Une seule condition : le prêtre disparaît.

Fallon secoua la tête.

— Pas question.

— Ça ne va pas, non ? Tu as peur ? Peur que le Tout-Puissant te frappe de sa foudre ? On m'a dit que tu étais un gros caïd, là-bas, Fallon, que tu cavalais dans Belfast en descendant des soldats et en faisant sauter des petits gosses. Mais un prêtre c'est différent, c'est ça ?

Fallon répliqua d'une voix qui n'était guère plus qu'un souffle :

— On ne touche pas au prêtre. C'est comme ça que je veux que ce soit. Et c'est comme ça que ce sera.

— Ce que tu veux que ce soit ? Toi ? gronda Meehan et, cette fois, la colère perçait dans le ton.

Albert jeta le tisonnier dans la cheminée et se leva. Il parla d'une voix dure, rauque.

— Lequel bras j'y casse d'abord, monsieur Meehan ? Le droit ou le gauche ?

Fallon extirpa le Ceska de sa poche et tira instantanément. La balle fracassa la rotule droite d'Albert qui tomba à la renverse par-dessus le fauteuil. Il resta par terre, en jurant, tenant son genou à deux mains, le sang giclant entre ses doigts.

Pendant un moment, personne ne bougea et puis Meehan s'esclaffa.

— Je te disais bien qu'il était superbe ! dit-il à Billy.

Fallon prit l'enveloppe et la rangea dans son imperméable. Il recula sans un mot dans la cuisine, ferma la porte d'un coup de pied alors que Meehan le rappelait, et commença à descendre.

Dans le salon, Meehan attrapa sa veste et courut vers l'ascenseur.

— Viens, Billy !

Comme il ouvrait la porte, Donner demanda :

— Et Albert ?

— Appelle ce toubib pakistanais. Tu sais. Il l'arrangera.

Dans la cabine qui descendait, Billy grogna :

— Écoute, qu'est-ce que nous fabriquons ?

— Tu n'as qu'à me suivre et faire ce qu'on te dit !

Meehan courut dans le corridor, dans le vestibule et sortit par la porte. Fallon avait déjà traversé la chaussée et s'engageait dans une des petites allées du square au milieu de la place.

Meehan l'appela et traversa à son tour, sans se soucier de la circulation. L'Irlandais jeta un coup d'œil par-dessus son épaule mais continua de marcher ; il était déjà arrivé à la fontaine quand Meehan et Billy le rattrapèrent.

Il se retourna vers eux, la main droite dans la poche, et Meehan leva les siennes en un geste de défense.

— Je veux simplement causer.

Il s'assit sur un banc, légèrement hors d'haleine, et prit son mouchoir pour s'essuyer la figure. Billy arriva un instant après, juste au moment où la pluie redoublait de violence.

— C'est de la folie, gémit-il. Mon costume va être foutu !

Son frère ne fit pas attention à lui ; il leva les yeux vers Fallon, avec un sourire désarmant.

— T'es une sacrée terreur, hein ? Y a pas un mec en ville qui ne se carapaterait pas devant le gros Albert, y a que toi ! Et tu le colles sur des cannes pour six mois !

— Il n'aurait pas dû s'en mêler, dit Fallon.

— Très vrai, mais au diable Albert ! Tu avais raison, Fallon, pour le prêtre, assura Meehan et il rit de l'expression impassible de Fallon. Parole de scout. Je ne toucherai pas à un de ses cheveux.

— Tiens donc. Un changement d'idée ?

— Exactement, ce qui nous laisse quand même un problème. Ce qu'on va faire de toi avant que ce bateau parte, dimanche. Je pense que tu devrais retourner à la ferme.

— Pas question.

— Je me doutais bien que tu dirais ça, dit Meehan sans perdre sa bonne humeur. Malgré tout, nous devons te trouver quelque chose... Et Jenny, Billy ? Jenny Fox ? Elle ne pourrait pas l'héberger ?

— Probable, marmonna Billy.

— Une gentille fille, expliqua Meehan à Fallon. Elle a travaillé pour moi dans le temps. Je l'ai aidée quand elle a attendu son gosse. Elle me doit un service.

— C'est une pute, dit Billy.

— Et alors ? Une bonne maison sûre et pas trop loin. Billy peut t'y conduire.

Il souriait aimablement — même les yeux souriaient — mais Fallon ne se laissait pas abuser. La triste vérité était qu'il avait quand même besoin d'un toit.

— D'accord, dit-il.

Meehan lui mit un bras autour des épaules.

— Tu ne peux pas trouver mieux. Elle cuisine comme un rêve et quand il s'agit d'en donner, c'est du feu de Dieu, moi je te le dis.

Ils retraversèrent la place et passèrent par la ruelle des anciennes écuries, vers le parking. Le whippet était couché là, grelottant sous la pluie. Quand Billy apparut, il se précipita vers lui et le suivit dans le garage. Lorsqu'il ressortit, au volant d'une Scimitar rouge, le chien était assis à l'arrière. Fallon monta devant et Meehan claqua la portière.

— A ta place, je resterais planqué. Pas la peine de prendre des risques inutiles, à ce stade.

Fallon ne répondit pas et Billy démarra. Donner sortit de la salle de réception.

— J'ai téléphoné à ce toubib, monsieur Meehan. Où est passé Fallon ?

— Billy le conduit chez Jenny Fox. Tu vas aller chercher Varley, il lave la voiture. Je veux qu'il soit devant chez Jenny d'ici une demi-heure. Si Fallon sort, il le suit et téléphone chaque fois qu'il peut.

— Je ne comprends pas, monsieur Meehan.

— Rien que le temps de nous retourner, Frank. Et ensuite, nous les descendons tous les deux. Lui et le curé.

La figure de Donner se fendit d'un grand sourire. Tout s'éclairait.

— A la bonne heure !

— Je pensais bien que tu serais d'accord, dit Meehan et il rentra.

Jenny Fox était une petite brune pulpeuse de dix-neuf ans, avec de jolis seins, des pommettes hautes et des yeux en amande. Ses cheveux noirs raides tombaient sur ses épaules comme un sombre rideau. Le seul défaut de cet ensemble charmant était un excès de maquillage.

Elle descendit vêtue d'un simple chemisier blanc et d'une minijupe noire plissée, chaussée de talons hauts ; elle avait une démarche à laquelle participait tout le corps et que la plupart des hommes trouvaient plus qu'un peu troublante.

Billy Meehan l'attendait au pied de l'escalier et quand elle fut assez près il lui passa une main sous la jupe. Elle se raidit un peu et il secoua la tête, avec un mauvais sourire sournois.

— Encore un collant, Jenny ! Je t'ai dit que je voulais que tu mettes des bas.

— Excuse-moi, Billy, murmura-t-elle peureusement. Je ne savais pas que tu viendrais aujourd'hui.

— Je te conseille de faire gaffe, si tu ne veux pas d'un de mes services spéciaux, menaça-t-il et elle frémit légèrement. Et Fallon ? Il a dit quelque chose ?

— Il m'a demandé si j'avais un rasoir à lui prêter. Qui est-ce ?

— Ça ne te regarde pas. Il ne doit pas sortir mais s'il sort, téléphone tout de suite à Jack. Et tâche de savoir où il va.

— D'accord, Billy.

Elle alla lui ouvrir la porte. Il s'approcha d'elle, la prit par la taille. Elle sentit son membre dur contre ses fesses et la répugnance, la haine lui montèrent à la gorge comme de la bile, menaçant de l'étouffer.

— Autre chose, murmura-t-il. Couche avec lui. Je veux savoir de quoi il est fait.

— Et s'il ne veut pas ?

— Le haut des bas et les jarretelles. C'est ce qui plaît aux mecs de son âge. Tu sauras y faire.

Il lui claqua les fesses et sortit. Elle ferma la porte et y resta adossée un moment, pour reprendre haleine. C'était bizarre, mais il lui laissait toujours cette espèce de suffocation.

Elle monta, suivit le couloir et frappa discrètement à la porte de Fallon. Quand elle entra, elle le trouva en train de s'essuyer les mains, devant le lavabo dans le coin près de la fenêtre.

— Je vais voir maintenant si je peux vous trouver un rasoir.

Il accrocha la serviette avec soin sur la barre et secoua la tête.

— Je ferai ça plus tard. Je vais sortir un moment.

Elle fut subitement prise de panique.

— Est-ce que c'est raisonnable ? Où allez-vous ?

Fallon sourit en enfilant son trench-coat. Il lui posa un index sur le front et le fit glisser le long du nez, d'un geste singulièrement intime. Elle en fut émue, au point d'avoir la gorge serrée.

— Mon petit lapin, faites ce que vous avez à faire, je suppose que ce doit être un coup de téléphone à Jack

Meehan pour lui dire que je vais faire un tour, mais je ne vous dirai certainement pas où.

— Vous rentrerez pour dîner ?

— Je ne le manquerais pas pour tout le thé de Chine.

Il sourit et s'en alla. C'était une phrase plutôt vieux jeu. Elle se souvint que sa grand-mère l'employait fréquemment. Il y avait des années qu'elle ne l'avait plus entendue. Bizarrement, cela lui donna envie de pleurer.

Quand Miller arriva au département de médecine légale au siège de la police, il trouva Fitzgerald au laboratoire avec Johnson, le spécialiste en balistique. Fitzgerald paraissait surexcité et Johnson assez content de lui.

— Il paraît que vous avez quelque chose pour moi ? dit Miller.

Johnson était un Écossais lent et prudent. Il souleva avec une pince un morceau de plomb informe et répondit :

— Ça se pourrait bien, monsieur le principal. C'est ça qui a causé les dégâts. On l'a trouvé dans le gravier, à environ trois mètres de la victime.

— Une demi-heure après votre départ, ajouta Fitzgerald.

— Y a-t-il un espoir d'identifier l'arme ?

— Oh, je suis à peu près sûr de mon fait là-dessus, maintenant. Tenez...

Il y avait à côté de Johnson un ouvrage intitulé *Armes de poing du monde*. Il le feuilleta rapidement, trouva la page qu'il cherchait, et la montra à Miller. Dans le coin supérieur droit, il y avait la photo d'un Ceska.

— Je n'ai même jamais entendu parler de ce truc-là ! s'exclama Miller. Comment pouvez-vous en être sûr ?

— Eh bien, il me reste encore quelques analyses à faire, mais c'est assez net. Voyez-vous, il y a quatre facteurs constants, dans le même modèle d'une arme. Les rainures et les traces d'impact sur la balle, leur nombre, leur largeur et leur direction, c'est-à-dire si elles tournent vers la droite ou la gauche, et le taux de cette torsion. Une fois que j'ai ces facteurs, il me suffit de me référer à un petit manuel appelé l'*Atlas des armes,* et grâce aux deux Allemands qui ont si laborieusement compilé ce bouquin, il est possible de trouver sans trop de difficulté l'arme concordante.

— Communiquez immédiatement cette information au CRO de Scotland Yard, dit Miller à Fitzgerald. Ce Ceska n'est pas une arme courante. S'ils programment ça dans l'ordinateur, il crachera peut-être un nom. Quelqu'un qui s'en est déjà servi. On ne sait jamais. Je vous attendrai dans mon bureau.

Fitzgerald sortit immédiatement et Miller dit à Johnson :

— S'il y a autre chose, prévenez-moi tout de suite.

Il retourna dans son bureau où il trouva un dossier contenant un résumé de la carrière du père Da Costa. Compte tenu du temps limité qu'avait eu Fitzgerald, c'était vraiment exhaustif.

Le jeune policier arriva alors que Miller achevait sa lecture et refermait le dossier.

— Je vous avais dit que c'était un sacré bonhomme, monsieur le principal !

— Et vous n'en connaissez pas la moitié, répliqua Miller, sur quoi il raconta ce qui s'était passé au presbytère.

Fitzgerald fut sidéré.

— Mais ça ne tient pas debout !

— Vous ne pensez pas qu'il a été menacé ?

— Par Meehan ? s'exclama Fitzgerald en éclatant de rire. Le père Da Costa n'est pas homme à se laisser impressionner. C'est le genre à toujours parler avec franchise. Il dit exactement ce qu'il pense, même si la personne qui doit en souffrir le plus est lui-même. Regardez donc sa bio ! C'est un érudit, deux doctorats, de langues et de philo, et qu'est-ce que ça lui a rapporté ? Une paroisse mourante au cœur d'une ville industrielle assez désagréable. Une église qui est littéralement en train de s'écrouler.

— D'accord, d'accord, je suis convaincu, dit Miller. Donc, il parle haut et clair quand tous les autres ont le bon sens de la boucler. Et ce n'est assurément pas un froussard. Pendant la guerre, il a été parachuté deux fois en Albanie et trois en Yougoslavie. Décoré du DSO en 1944, deux fois blessé... Il doit y avoir une explication ! C'est fatal ! Ça ne rime absolument à rien qu'il refuse de collaborer comme ça subitement.

— Mais est-ce qu'il a carrément refusé ?

Miller réfléchit, essaya de se rappeler avec précision ce qu'avait dit le curé.

— Non, dans le fond. Non. Il a dit que ça ne servirait à rien, qu'il ne pourrait pas nous aider.

— C'est une drôle de façon de s'exprimer.

— A qui le dites-vous ! Il y a même eu mieux que ça. Quand je lui ai dit que je pouvais toujours obtenir un mandat, il m'a répliqué qu'aucune puissance sur terre ne pourrait le faire parler de cette affaire s'il ne le voulait pas.

Fitzgerald était devenu très pâle. Il se leva et s'appuya sur le bureau, des deux mains.

— Il a dit ça ? Vous en êtes sûr ?

— Absolument ! Pourquoi ? Ça veut dire quelque chose ?

Fitzgerald se redressa et fit quelques pas vers la fenêtre.

— Je ne vois qu'une seule circonstance où un prêtre s'exprimerait en ces termes.

— Ah oui ? Laquelle ?

— Si l'information dont il dispose a été obtenue lors d'une confession.

Miller ouvrit des yeux ronds.

— Mais ce n'est pas possible ! Il a vu de ses yeux cet individu, là dans le cimetière. Ça ne peut pas s'appliquer.

— Si, répliqua Fitzgerald. Si l'homme était tout simplement entré dans le confessionnal et s'était confessé, Da Costa n'aurait pas vu sa figure, souvenez-vous, pas à ce moment.

— Et vous voulez me raconter qu'une fois que ce type a craché le morceau, Da Costa est coincé ?

— Sans aucun doute.

— Mais c'est cinglé !

— Pas du tout, pas pour un catholique. C'est là tout l'objet de la confession. Ce qui se passe entre le prêtre et la personne en cause, quelle qu'en soit la gravité, doit rester absolument confidentiel. C'est tout aussi efficace qu'une balle, monsieur le principal. ... Quand nous étions au cimetière, est-ce qu'il ne vous a pas dit qu'il était pressé, parce qu'il devait entendre les confessions à une heure ?

Miller s'était levé et décrochait déjà son imperméable.

— Vous pouvez venir avec moi, dit-il. Vous, il vous écoutera peut-être.

— Et l'autopsie ? lui rappela Fitzgerald. Je croyais que vous teniez à y assister ?

— Nous avons une heure. Largement le temps.

Les ascenseurs étaient tous en service, il descendit quatre à quatre, le cœur battant de surexcitation, certain que Fitzgerald avait raison. C'était la seule explication logique. Mais comment traiter la situation ? Ça, c'était une autre affaire.

Quand Fallon tourna dans la rue étroite longeant l'église du Saint-Nom, Varley n'était qu'à trente mètres derrière lui. Deux minutes après être sorti de chez Jenny, Fallon avait remarqué sa présence mais n'y avait attaché aucune importance. Pendant qu'il entrait dans l'église, Varley se précipita vers la cabine au coin de la rue pour appeler Meehan.

— Monsieur Meehan ? C'est moi. Il est entré dans une église de Rockingham Street. L'église du Saint-Nom.

— J'y serai dans cinq minutes, répliqua Meehan et il raccrocha brutalement.

Il arriva dans la Scimitar écarlate avec Billy au volant et trouva Varley au coin de la rue, frissonnant sous la pluie, qui s'avança à leur rencontre.

— Il est encore là-dedans, monsieur Meehan. Je n'y suis pas entré moi-même.

— Bon garçon, approuva Meehan en levant les yeux vers l'église. Cette foutue bicoque a l'air de vouloir s'écrouler d'une minute à l'autre.

— On y sert de la bonne soupe, expliqua Varley. Aux pauvres. La crypte sert de refuge. J'y ai été. Le curé, le père Da Costa, et sa nièce font marcher ça à eux deux.

Elle est aveugle. Un beau brin de fille. Elle joue de l'orgue.

— Bon, très bien. Tu attends dans un recoin de porte. Quand il sortira, suis-le encore. Viens, Billy.

Meehan passa sous le porche et poussa doucement la porte. Ils se glissèrent à l'intérieur et il referma vite.

La jeune fille était à l'orgue ; il apercevait le haut de sa tête, derrière le rideau vert. Le curé priait, à genoux à la balustrade de l'autel. Fallon était assis sur un banc vers le milieu de la nef.

Sur la droite, il y avait une petite chapelle dédiée à saint Martin de Porres. Pas un cierge ne brûlait devant sa statue et la chapelle était plongée dans l'ombre. Meehan y attira Billy et s'assit dans le coin.

— Qu'est-ce que nous foutons ici ? demanda Billy à mi-voix.

— Boucle-la et écoute.

A ce moment, le père Da Costa se releva et se signa. En se retournant, il aperçut Fallon.

— Il n'y a rien pour vous ici, vous le savez, dit-il sévèrement.

Anna s'arrêta de jouer. Elle balança ses jambes pardessus le banc alors que Fallon descendait par la travée. Billy sifflota tout bas.

— Bon Dieu, t'as vu ces jambes ?

— Boucle-la ! chuchota furieusement Jack.

— Je vous ai dit que je m'occuperais de certaines choses, et je l'ai fait, dit Fallon en arrivant à la balustrade. Je voulais simplement vous l'annoncer.

— Et que dois-je faire ? vous remercier ?

La porte de la rue claqua, les cierges vacillèrent dans le courant d'air quand elle se referma et, à la profonde stupeur de Jack Meehan, Miller et Fitzgerald marchèrent vers l'autel.

— Ah, vous voilà, mon père, dit Miller. J'aimerais vous dire un mot.

— Merde, chuchota Billy pris de panique. Faut nous tirer d'ici !

— Ta gueule, je te dis, gronda Meehan en abattant une main sur le genou de son frère. Bouge pas et ouvre tes oreilles. Ça pourrait être intéressant.

7

Prélude et fugue

Fallon comprit immédiatement qui était Miller et il attendit, les épaules voûtées, les mains dans les poches de son trench-coat, les pieds écartés, prêt à faire ce qui s'imposerait. Cet homme possédait une force primitive presque tangible. Le père Da Costa la sentait dans l'air même et la pensée de ce qui pourrait se passer dans son église l'emplit d'horreur.

Il s'avança rapidement pour se placer entre Fallon et les deux policiers. Anna resta, hésitante, à un mètre ou deux, de l'autre côté de la balustrade.

Miller s'arrêta, le chapeau à la main, Fitzgerald un pas ou deux derrière lui. Il y eut un petit silence gêné, puis le prêtre dit :

— Je crois que vous connaissez ma nièce, inspecteur. Il est accompagné de l'inspecteur Fitzgerald, mon enfant.

— Mademoiselle, murmura Miller qui regardait Fallon.

— Et voici M. Fallon, dit le père Da Costa.

— Inspecteur principal, murmura Fallon sans se troubler.

Il attendit, un léger sourire aux lèvres, et Miller, en contemplant cette figure pâle, l'expression intense, les yeux noirs, ressentit une bizarre sensation de froid, irrationnelle, comme si, quelque part, on avait marché sur sa tombe, ce qui n'avait aucun sens ; et puis soudain une pensée folle lui vint et il recula involontairement d'un pas. Un silence tomba. Tout le monde attendait. La pluie crépita contre une vitre.

Ce fut Anna qui dissipa la gêne en faisant un pas vers la balustrade et en trébuchant. Fallon se précipita pour la retenir.

— Vous allez bien, mademoiselle ?

— Merci, monsieur Fallon. Comme je suis sotte, dit-elle avec un petit rire très convaincant, la figure tournée dans la direction de Miller. J'ai eu des ennuis avec l'orgue. J'ai bien peur que, comme cette église, il ne soit pas en très bon état. M. Fallon a eu la gentillesse de nous faire profiter de ses conseils d'expert.

— Ah vraiment ? dit Miller.

Elle se tourna vers son oncle.

— Cela ne vous ennuie pas que nous commencions, mon oncle ? Le temps de M. Fallon est limité.

— Allons dans la sacristie, si vous le voulez bien, monsieur l'inspecteur principal, proposa le père Da Costa. Ou à la maison, si vous préférez ?

— A vrai dire, j'aimerais m'attarder ici encore quelques minutes. Je suis pianiste moi-même mais j'ai un faible pour la musique d'orgue. Si M. Fallon n'y voit pas d'objection.

Fallon lui sourit aimablement.

— Certainement, et rien ne vaut un public, inspecteur, pour faire ressortir le meilleur de nous-mêmes.

Sur ce, il prit le bras d'Anna et la conduisit entre les stalles du chœur.

Dans l'ombre, du fond de la petite chapelle de Saint-Martin-de-Porres, Meehan observait avec fascination. Billy chuchota :

— J'ai bien dit que c'était un cinglé. Comment est-ce qu'il va se tirer de ce truc-là ?

— Avec ses doigts, Billy, avec ses doigts, répondit Meehan. Je parierais un sac dessus. Tu veux que je te dise ? ajouta-t-il avec une sincère admiration. Je me délecte à chaque minute de tout ça. Ça fait toujours plaisir de voir un vrai professionnel au travail. Nous sommes bien rares aujourd'hui.

Fallon ôta son trench-coat et le posa sur le dossier d'une stalle. Il s'assit et régla le tabouret afin d'atteindre facilement les pédales. Anna resta debout à sa droite.

— Avez-vous essayé de laisser la trompette poussée comme je l'ai suggéré ? demanda-t-il.

— Oui. Cela fait une différence.

— Bien. Je vais jouer quelque chose d'assez solide et nous verrons ce qu'il y a d'autre qui ne va pas. Que diriez-vous du *Prélude et fugue en ré majeur* de Bach ?

— Je ne l'ai qu'en braille.

— Aucune importance. Je le connais par cœur.

Il se retourna et baissa les yeux sur le père Da Costa et les deux policiers de l'autre côté de la balustrade de l'autel.

— Si cela vous intéresse, il paraît que c'était le morceau préféré d'Albert Schweitzer.

Personne ne dit mot. Ils attendirent, sans bouger, et Fallon se retourna vers l'orgue. Il y avait longtemps, très longtemps, et pourtant, d'une manière soudaine, étrange et incompréhensible, c'était hier.

Il prépara le soufflet, ses mains posèrent adroitement devant lui tous les registres à l'exception de la voix humaine et du céleste et sur le grand orgue, les diapasons et un principal de quatre pieds. Il leva gravement les yeux vers Anna.

— Pour ce qui est des pédales, je conseille de ne pas

utiliser les registres des bois sur cet instrument. Seuls le diapason de seize pieds et le bourdon, et peut-être le registre de trente-deux pieds pour donner un ton bien solide. Qu'en pensez-vous ?

Elle ne pouvait voir le léger sourire ironique frémir au coin des lèvres de Fallon mais un peu de ce sourire perçait dans sa voix. Elle lui posa une main sur l'épaule et dit d'une voix claire :

— Un début intéressant, en tout cas.

Elle fut horrifiée quand il demanda tout bas :

— Pourquoi êtes-vous intervenue ?

— Est-ce que ce n'est pas évident ? chuchota-t-elle. Pour l'inspecteur Miller et son collaborateur. Jouez, maintenant.

— Que Dieu vous pardonne, vous êtes une épouvantable menteuse, lui dit Fallon, et il commença.

Il débuta par un arpège, pas trop rapide, faisant entendre chaque note ; il travaillait de la pointe et du talon du pied gauche pour un maximum de sonorité, jouant avec une si étonnante puissance que l'idée folle de l'inspecteur principal s'évapora à l'instant même, car c'était une exécution véritablement remarquable.

Le père Da Costa restait comme pétrifié, captivé par le jeu brillant de Fallon répondant à l'ouverture par des accords des deux mains sur le grand orgue étincelant. Il répéta, les pieds, puis de nouveau les mains, le manuel répondant aux pédales jusqu'à ce que la pointe de son pied gauche actionne la barre du *la* profond tandis que ses mains exécutaient les passages brillants annoncés par les pédales.

Miller tapa sur l'épaule du prêtre et lui chuchota à l'oreille :

— Superbe mais je n'ai guère de temps, mon père. Pourrions-nous avoir notre conversation, maintenant ?

Da Costa acquiesça à contrecœur et le conduisit vers la sacristie. Fitzgerald fut le dernier à entrer et un courant d'air soudain claqua la porte sur lui.

Fallon s'arrêta de jouer.

— Ils sont partis ? murmura-t-il.

Anna Da Costa baissa sur lui ses yeux aveugles, avec une expression de crainte respectueuse, et lui effleura la joue.

— Qui êtes-vous ? souffla-t-elle. Qu'est-ce que vous êtes ?

— Une sacrée question à poser à un homme, répondit-il en reprenant le passage de l'ouverture.

La musique s'entendait dans la sacristie, étouffée mais traversant les vieux murs avec une singulière puissance. Le père Da Costa s'assit sur un coin de table.

— Cigarette, monsieur le curé ? proposa Fitzgerald en tendant un vieil étui d'argent.

Le prêtre en prit une et accepta le feu qui suivit. Miller l'observait de près — les épaules massives, la figure burinée, la barbe grise en broussaille — et s'aperçut avec un certain agacement que cet homme lui plaisait réellement. Ce fut justement pour cette raison qu'il choisit d'être aussi officiel que possible.

— Eh bien, monsieur l'inspecteur ? demanda Da Costa.

— Avez-vous changé d'avis, monsieur le curé, depuis la dernière fois ?

— Pas le moins du monde.

Miller fit un effort pour maîtriser sa rage et Fitzgerald intervint avec diplomatie :

— Avez-vous été contraint de quelque manière que ce soit depuis ce matin, mon père, ou menacé ?

— Pas du tout, inspecteur, assura très honnêtement le prêtre.

— Est-ce que le nom de Meehan vous dit quelque chose ?

— Non... Non, je ne crois pas. Je devrais le connaître ?

Miller fit un signe de tête à Fitzgerald qui ouvrit la serviette qu'il portait et en tira une photo qu'il montra au prêtre.

— Jack Meehan, dit-il. Dandy Jack pour ses amis. Cette photo a été prise à Londres sur les marches du poste de police central de West End, après son non-lieu pour manque de preuves dans une affaire de fusillade dans l'East End l'année dernière.

Meehan, portant son habituel pardessus croisé, souriait largement au monde en général en brandissant son chapeau de la main droite, son bras gauche autour des épaules d'une cover-girl bien connue.

— La fille est là uniquement pour les besoins de la publicité, dit Fitzgerald. En matière sexuelle, ses goûts vont ailleurs. Ce que vous pouvez lire sur le feuillet auquel ce cliché est fixé est tout ce que nous savons de lui, officiellement.

Le père Da Costa le lut avec intérêt. Jack Meehan avait quarante-huit ans et s'était engagé dans la Royal Navy en 1943, à dix-huit ans ; il avait servi à bord de dragueurs de mines jusqu'en 1944 où il avait été condamné à un an de prison et démobilisé « avec ignominie » pour avoir fracturé la mâchoire d'un officier marinier au cours d'une bagarre. En 1948, il avait fait six mois pour une affaire de contrebande mineure et en 1954 une inculpation pour conspiration de vol de courrier avait été abandonnée, faute de preuves. Depuis lors, il avait été interrogé par la police en plus de quarante occasions, pour divers délits.

— Vous n'avez pas l'air d'avoir eu beaucoup de succès, observa le père Da Costa avec un léger sourire.

— Jack Meehan ne prête pas à rire, répliqua Miller. En vingt-cinq ans de police, c'est ce que j'ai eu de pire à affronter. Vous vous souvenez des frères Kray et de la bande de tortionnaires de Richardson ? Meehan est infiniment pire qu'eux tous réunis. Il a une entreprise de pompes funèbres, ici en ville, mais derrière cette façade de respectabilité, il dirige une organisation qui contrôle le trafic de drogue, la prostitution, les jeux et le racket dans la plupart des grandes villes du nord de l'Angleterre.

— Et vous ne pouvez pas l'arrêter ? Je trouve cela surprenant.

— Le règne de la terreur, mon père. Les Kray l'ont pratiqué pendant des années. Ils étaient des enfants de chœur, à côté de Meehan. Il a fait abattre des hommes en de nombreuses occasions, en général le genre d'attaque au fusil de chasse visant les jambes, qui ne tue pas mais rend infirme à vie. Il aime les garder en vie, pour qu'ils servent d'avertissement.

— Vous savez cela, pertinemment ?

— Et nous ne pouvons pas le prouver. Tout comme je n'ai pas pu prouver qu'il était responsable du plus horrible cas de prostitution d'enfants que nous ayons jamais eu à connaître, ni qu'il a discipliné un homme en le crucifiant avec des clous de quinze centimètres et un autre en lui faisant manger ses propres excréments.

Pendant un instant fugace, le père Da Costa se retrouva dans ce camp de Corée du Nord, couché à moitié mort dans les latrines tandis qu'une botte chinoise lui écrasait la figure dans une pile d'ordure humaine. Le gardien avait essayé de lui en faire manger, aussi, et il avait refusé, surtout parce qu'il se croyait mourant quoi qu'il fît. Il retomba dans le présent, au prix d'un effort.

— Et vous pensez que ce Meehan est responsable du meurtre de Krasko, ce matin ?

— Il l'est sûrement, assura Miller. Krasko était, pour parler poliment, un rival en affaires, dans tous les sens du mot. Meehan a essayé de le prendre sous son aile et il a refusé. Comme dirait Meehan, il ne voulait pas être raisonnable.

— Et un tueur a été embauché pour l'exécuter en public ?

— Pour encourager les autres, dans un sens. Le simple fait que Meehan ose faire une chose pareille en dit long sur sa mentalité de malade. Il sait que je sais qu'il est derrière tous ces crimes. Et il veut que je le sache, il veut que tout le monde le sache. Il croit que rien ne peut le toucher.

Le père Da Costa contempla la photo en fronçant les sourcils, et Fitzgerald hasarda :

— Nous pourrions l'épingler cette fois, mon père, avec votre aide.

Le prêtre, la mine grave, secoua la tête.

— Je regrette, inspecteur. Sincèrement.

— Monsieur le curé, dit Miller d'une voix dure, la seule chose que je puisse déduire de votre conduite, c'est que vous connaissez l'identité de l'homme que nous recherchons. Que vous le protégez. L'inspecteur Fitzgerald, là, qui est lui-même catholique, m'a suggéré une explication possible. Il dit que ce que vous savez est lié au secret du confessionnal, si c'est le mot juste. Y a-t-il du vrai dans cette supposition ?

— Croyez-moi, monsieur l'inspecteur principal, si je le pouvais, je vous aiderais.

— Mais vous refusez toujours ?

— Hélas oui.

Miller consulta sa montre.

— Très bien, mon père. J'ai un rendez-vous dans vingt minutes et j'aimerais que vous veniez avec moi. Pas de menaces, pas de contrainte. Une simple prière.

— Je comprends... Puis-je me permettre de demander où nous allons ?

— Assister à l'autopsie de Janos Krasko, à la morgue.

— Je vois... Dites-moi, inspecteur, est-ce que c'est un défi ?

— C'est vous que ça regarde, monsieur le curé.

Le père Da Costa se redressa, soudain fatigué. Sa volonté de résistance était au plus bas. Il en avait assez de toute cette affaire sordide. Assez bizarrement, la seule chose dont il avait clairement conscience à ce moment, c'était la musique de l'orgue, étouffée et lointaine.

— J'ai la messe du soir, inspecteur, et puis ensuite le dîner du refuge. Je ne peux pas m'absenter longtemps.

— Une heure tout au plus, monsieur le curé. Je vous ferai reconduire en voiture mais nous avons vraiment besoin de partir tout de suite.

Le père Da Costa ouvrit la porte de la sacristie et précéda les autres dans l'église. Il s'arrêta près de l'autel.

— Anna ? appela-t-il.

Fallon s'arrêta de jouer et la jeune fille se retourna.

— Je dois sortir, ma chérie, avec l'inspecteur Miller.

— Et la messe ?

— Je ne serai pas long. Quant à l'orgue, M. Fallon

accepterait peut-être de revenir après la messe ? Nous pourrions alors en parler.

— A votre disposition, mon père, répondit gaiement Fallon.

Le prêtre et les deux policiers remontèrent dans la nef, passèrent devant la chapelle de Saint-Martin-de-Porres où Jack Meehan et son frère étaient tapis dans l'ombre, et sortirent du sanctuaire.

Le vent fit claquer la porte. Le silence tomba. Fallon murmura :

— Ma foi, j'ai bien l'impression que vous m'avez sauvé la vie. Je crois qu'il soupçonnait quelque chose, ce brave inspecteur Miller.

— Mais plus maintenant. Pas après une aussi belle musique. Vous avez été brillant.

Il rit tout bas.

— Je l'ai peut-être été autrefois, je l'avoue sans fausse modestie, mais plus maintenant. D'abord, mes mains ne sont plus ce qu'elles étaient.

— Brillant, répéta-t-elle. Il n'y a pas d'autre mot.

Elle était réellement émue et, pendant un moment, elle oublia l'autre facette obscure de Fallon. En souriant, elle chercha ses mains à tâtons.

— Quant à vos mains, quelle sottise !

Elle les prit toutes deux, et tout à coup son sourire s'effaça.

— Vos doigts..., souffla-t-elle. Qu'est-ce qui vous est arrivé ?

Il dégagea vivement ses mains et regarda le bout des doigts affreux, déformé.

— Oh ça. Quelques « bons amis » ont jugé bon de m'arracher les ongles. Un désaccord au sujet d'une petite affaire.

Il se leva et enfila son trench. Elle resta assise,

horrifiée, et tendit un bras pour le toucher, sa main battant dans le vide. Il l'aida à se lever et lui posa son manteau sur les épaules.

— Je ne comprends pas, dit-elle.

— Et plaise à Dieu que vous ne compreniez jamais. Venez, je vais vous raccompagner.

Ils sortirent par la sacristie. La porte se referma sur eux. Il y eut un moment de silence et finalement Billy Meehan se leva.

— Dieu soit loué ! Maintenant nous pouvons foutre le camp d'ici, hein ?

— Tu peux. Pas moi, répliqua Meehan. Trouve Fallon et colle-lui aux fesses comme de la glu.

— Mais je croyais que c'était le boulot de Varley ?

— Eh bien, maintenant c'est le tien. Dis à Varley d'attendre dehors.

— Et toi, alors ? demanda Billy d'un air maussade.

— Oh, je vais rester assis là un moment, jusqu'à ce que le curé revienne. Il est temps que nous fassions un brin de causette. Je me plais bien, ici. C'est paisible, là dans le noir avec tous ces cierges qui clignotent. Ça permet de réfléchir.

Billy hésita comme s'il cherchait une riposte intelligente et Meehan s'irrita.

— Allez, bon Dieu, fous-moi le camp. Je te verrai plus tard.

Il s'adossa, les bras croisés, et ferma les yeux tandis que Billy sortait par la porte principale, pour faire ce qu'on lui ordonnait.

Il pleuvait à verse dans le cimetière. En suivant l'allée, vers le presbytère, Fallon glissa le bras d'Anna sous le sien.

— J'ai parfois l'impression que ça ne s'arrêtera jamais, dit-elle. Il fait ce temps depuis des jours.

— Je sais.

Ils arrivèrent à la porte. Elle l'ouvrit et s'attarda sur le perron, tandis que Fallon restait au bas des marches et la contemplait.

— Rien n'a plus de sens pour moi, dit-elle. Je ne vous comprends pas, je ne comprends pas ce qui s'est passé aujourd'hui, ni rien de tout cela... surtout pas après vous avoir entendu à l'orgue. Ça n'a aucun sens. Rien ne concorde.

Il lui sourit avec indulgence.

— Rentrez vite, mon petit lapin, ne prenez pas froid. Restez en sécurité dans votre petit monde.

— Plus maintenant. Comment le pourrais-je ? Vous avez fait de moi une complice, n'est-ce pas ? J'aurais pu parler et je ne l'ai pas fait.

C'était ce qu'elle pouvait lui dire de plus terrible.

— Pourquoi n'avez-vous rien dit, alors ?

— J'avais donné ma parole à mon oncle, l'avez-vous oublié ? Et pour rien au monde je ne voudrais lui faire de mal.

Fallon recula très doucement sous la pluie. Elle l'appela, du perron.

— Monsieur Fallon ? Vous êtes là ?

Il ne répondit pas. Elle attendit encore quelques instants, indécise, puis elle rentra et ferma la porte. Fallon tourna les talons et remonta l'allée.

Billy les avait observés, de l'abri d'un énorme mausolée victorien, ou plutôt il avait observé Anna. Elle était différente de toutes les filles auxquelles il était habitué.

Discrète, distinguée, et par-dessus le marché un corps splendide. Il était certain qu'il y avait beaucoup de chaleur derrière cette façade froide et le fait qu'elle soit aveugle l'excitait, éveillait en lui une certaine perversité au point qu'il en avait une érection.

Fallon s'arrêta, les mains protégeant la flamme allumant sa cigarette, et Billy recula hors de vue.

— Ça va, Billy, je suis prêt à rentrer à la maison, maintenant. Puisque tu es là, tu peux me reconduire chez Jenny.

Billy hésita, puis il s'avança, à contrecœur.

— Vous vous prenez pour un mariole, hein ?

— Pour être plus mariole que toi, ce n'est pas difficile, fiston. Et autre chose. Si jamais je te surprends à traîner encore par ici, je serai très mécontent.

— Allez donc vous faire foutre, marmonna, furieux, Billy.

Il se retourna et marcha rapidement vers le portail. Fallon le suivit en souriant.

La morgue était construite comme une forteresse et entourée d'un mur de six mètres de haut pour la cacher des curieux. Quand la voiture de Miller arriva au portail principal, le chauffeur descendit et alla parler dans un interphone. Il reprit le volant. Quelques instants plus tard la grande grille d'acier coulissa automatiquement et ils entrèrent dans une cour intérieure.

— Nous y voilà, mon père, dit Miller. La morgue la plus moderne d'Europe, à ce qu'on dit.

Fitzgerald et lui descendirent les premiers et le père Da Costa les suivit. Le bâtiment principal était tout en verre et en béton. Fonctionnel mais assez beau dans son genre. Ils monterent par une rampe cimentée jusqu'à la porte de derrière, que leur ouvrit un technicien en combinaison blanche.

— Bonjour, monsieur le principal, dit-il. Le Pr Lawlor a dit qu'il vous retrouverait au vestiaire. Il est très impatient de commencer.

Ils suivirent un labyrinthe d'étroits couloirs, dans le bourdonnement de la climatisation. Miller jeta un coup d'œil au prêtre et lui dit négligemment :

— Ils se flattent d'avoir l'air le plus pur de la ville, par ici. Si on arrive à le respirer, quoi.

C'était le genre de réflexion qui ne semblait pas exiger de réponse et Da Costa n'en chercha pas. Le technicien ouvrit une porte, les fit entrer et s'en alla.

Il y avait plusieurs lavabos, une douche dans un coin, des combinaisons et des blouses blanches à des patères le long d'un mur. Dessous, s'alignait une rangée de bottes blanches de diverses tailles. Miller et Fitzgerald ôtèrent leur imperméable. L'inspecteur principal décrocha des blouses et en donna une au père Da Costa.

— Tenez, mettez ça. Vous n'avez pas besoin des bottes.

Da Costa obéit et à ce moment une porte s'ouvrit et le Pr Lawlor apparut.

— Venez, venez, Nick, vous me mettez en retard, dit-il, puis il eut l'air étonné en remarquant le prêtre. Ah, tiens. Bonjour, mon père.

— J'aimerais que le père Da Costa observe, si cela ne vous gêne pas, dit Miller.

Le médecin était tout en blanc, avec des bottes, et tiraillait impatiemment ses longs gants de caoutchouc vert.

— Tant qu'il reste à l'écart. Mais allons, pressons. J'ai un cours à cinq heures à la fac.

Il les précéda dans un petit couloir et par des portes battantes jusqu'à la salle d'autopsie. Elle était équipée d'un éclairage fluorescent si cru qu'il faisait mal aux yeux et se reflétait sur plusieurs tables d'opération en inox.

Janos Krasko était allongé sur le dos, sur la table près de la porte, la tête posée sur un bloc de bois. Il était entièrement nu. Deux techniciens se tenaient prêts à côté d'une table roulante où était disposé tout un assortiment d'instruments de chirurgie. La plus grande surprise, pour le père Da Costa, ce fut la télévision en circuit fermé, deux caméras, une tout près de la table d'opération, l'autre attendant à l'écart sur un chariot.

— Comme vous voyez, monsieur le curé, dit Miller, on n'arrête pas le progrès. De nos jours, tout est filmé, et en couleurs par-dessus le marché.

— Est-ce nécessaire ?

— Sans aucun doute. Surtout quand on tombe sur le genre d'avocat de la défense qui n'a pas grand-chose dans son dossier et qui cherche à faire intervenir son propre expert. Autrement dit, un autre éminent pathologiste avec sa petite hypothèse personnelle sur ce qui est arrivé.

Un des techniciens accrocha un micro de gorge autour du cou du professeur et Miller confia :

— La profession médicale se gargarise d'opinions, mon père, j'ai appris ça à la dure.

Lawlor sourit, l'air glacial.

— Ne devenez pas amer en vieillissant, Nick. Avez-vous déjà assisté à une autopsie, mon père ?

— Pas comme vous l'entendez, docteur.

— Hum. Enfin, si vous avez mal au cœur, vous savez où se trouve le vestiaire et, s'il vous plaît, tenez-vous bien à l'écart... tous. Bien, messieurs, dit-il en s'adressant aux cadreurs et aux techniciens. Commençons.

Cela aurait pu être un cauchemar. Si ce ne le fut pas, ce fut bien grâce à Lawlor ainsi qu'à l'atmosphère générale de compétence clinique.

Il était vraiment remarquable. Plus que compétent, dans tous les domaines. Un artiste du bistouri qui ne cessait de commenter ce qu'il faisait, d'une voix sèche et précise.

— Tout ce qu'il dit est enregistré, chuchota Miller. Pour accompagner la vidéo.

Le prêtre observait, fasciné, alors que Lawlor passait la pointe d'un scalpel tout autour du crâne. Il saisit fermement les cheveux et tira toute la figure en avant, globes oculaires et tout, comme un masque de caoutchouc.

Il fit signe à un technicien qui lui donna une petite scie électrique qu'il mit en marche. Avec délicatesse, Lawlor scia le pourtour du sommet du crâne.

— C'est une de Soutter, expliqua Miller à mi-voix Ça fonctionne selon un système vibratoire. Une scie circulaire couperait trop vite.

Il y avait très peu d'odeurs, à cause des hottes aspirantes au plafond. Lawlor débrancha la scie et la rendit au technicien. Il souleva la calotte crânienne et la plaça sur la table puis il retira le cerveau avec soin et le déposa dans une cuvette en plastique rouge très ordinaire, qu'un des assistants lui tendait.

Le technicien la porta au lavabo et Lawlor la pesa, en disant à Miller :

— J'attends pour examiner ça d'en avoir fini avec le reste du bonhomme. D'accord ?

— D'accord, dit Miller.

Le médecin retourna auprès du cadavre, prit un

grand bistouri et ouvrit tout le corps, de la gorge au ventre. Il n'y eut pratiquement pas de sang, rien qu'une épaisse couche de graisse jaune avec de la viande rouge dessous. Il ouvrit ce corps comme un vieux pardessus, avec des gestes rapides et sûrs, sans s'interrompre un seul instant.

— Est-ce nécessaire ? murmura Da Costa. La blessure était à la tête, nous le savons.

— Le coroner exigera un rapport complet, dans les moindres détails, répondit l'inspecteur. Il y a droit, de par la loi. Ce n'est pas aussi cruel que vous le pensez. Nous avons eu une affaire, il y a quelques années. Un vieillard découvert mort chez lui. Crise cardiaque, apparemment. Quand Lawlor l'a autopsié il a pu le confirmer, et s'il s'était arrêté au cœur, l'affaire aurait été classée.

— Il y avait autre chose ?

— Des vertèbres cervicales fracturées. J'oublie les détails mais ça signifiait que le vieux avait été assez brutalement malmené, et l'enquête nous a conduits à un individu qui s'en prenait aux vieillards. De ceux qui frappent à la porte, qui affirment qu'ils sont envoyés pour vérifier la tuyauterie et qui exigent dix livres.

— Qu'est-il devenu, celui-là ?

— La cour a accepté l'homicide involontaire. Il en a pris pour cinq ans et il va bientôt ressortir. Un monde de fous, mon père.

— Qu'auriez-vous fait de lui, vous ?

— Je l'aurais pendu, déclara simplement Miller. Vous comprenez, pour moi c'est la guerre. Une question de survie. Les principes libéraux sont bien jolis tant qu'ils vous laissent de quoi avoir des principes.

Ce qui ne manquait pas de logique et qu'on pouvait

difficilement contester. Le père Da Costa se déplaça d'un côté, alors que les assistants transportaient divers organes de la table au lavabo, dans d'autres cuvettes en plastique. Chacun était pesé et repassé à Lawlor qui le découpait rapidement sur un billot, avec un grand couteau. Le cœur, les poumons, le foie, les reins, les intestins, tous eurent droit au même traitement avec une rapidité stupéfiante tandis que la caméra sur le chariot enregistrait tout.

Enfin, il termina et posa le couteau.

— Et voilà, dit-il à Miller. Rien à signaler. Je m'amuserai avec le cerveau quand j'aurai fumé une cigarette. Alors, mon père ? Qu'est-ce que vous en pensez ?

— C'était extraordinaire. Plus inquiétant qu'autre chose.

— De s'apercevoir que l'homme n'est que de la viande crue ? dit le professeur en riant.

— C'est ce que vous pensez ?

— Voyez vous-même !

Lawlor retourna à la table d'opération et Da Costa le suivit. Le corps était bien ouvert et complètement vide. Il n'y avait rien à l'intérieur de la cage thoracique, c'était du vide jusque dans le pénis.

— Vous vous rappelez ce poème d'Eliot, « L'Homme creux » ? Eh bien, voilà où il voulait en venir, du moins c'est ce que j'ai toujours cru.

— Et vous pensez qu'il n'y a que cela ?

— Pas vous ?

Un des techniciens remit en place la calotte crânienne et tira sur le cuir chevelu. Avec une facilité ahurissante, le visage reprit sa position.

— Une magnifique mécanique, le corps humain, dit le prêtre. Infiniment fonctionnelle. Il semble n'y avoir aucune tâche que l'homme ne puisse accomplir. Vous n'êtes pas d'accord, docteur ?

— Sans doute.

— Parfois, je trouve le mystère tout à fait terrifiant. Est-ce donc tout ce qui reste, à la fin, d'un Einstein, d'un Picasso ? Un corps vide, quelques lambeaux de chair nageant dans un seau en plastique ?

— Ah non, ne commencez pas ! protesta Lawlor d'une voix lasse. Pas de métaphysique, s'il vous plaît, mon père. J'ai autre chose à faire. Est-ce que vous en avez assez vu ? demanda-t-il à Miller.

— Je crois, oui.

— Bien, alors débarrassez-moi de cet avocat du diable et laissez-moi finir en paix. Vous ne pourrez pas avoir le rapport avant demain matin, maintenant... Je ne vous serre pas la main pour des raisons évidentes, mon père, mais si jamais vous passez par ici, venez nous faire une petite visite. Il y a toujours du monde à la maison.

Le médecin rit de sa propre plaisanterie et il riait encore quand ils retournèrent au vestiaire. Un des techniciens les accompagna pour s'assurer que leurs blouses allaient tout droit dans la corbeille à linge sale, ce qui fait qu'ils n'eurent pas l'occasion d'échanger des impressions.

Il pleuvait encore quand ils sortirent dans la cour. Miller était fatigué et déprimé. Il avait perdu, il le savait déjà. L'ennui, c'était qu'il ne voyait pas très bien quoi faire, à présent, sinon prendre les mesures officielles qu'il avait voulu éviter. Quand ils arrivèrent à la voiture, Fitzgerald leur ouvrit la portière et, quand ils furent montés, il s'assit à côté du chauffeur. Alors qu'ils s'engageaient dans la circulation, Miller dit :

— Je voulais vous montrer la réalité de la chose mais cela n'a rien changé du tout, n'est-ce pas ?

— Quand j'avais vingt ans, répondit le père Da Costa, j'ai été parachuté dans les montagnes de Crète, déguisé en paysan. Très romanesque. Action de nuit, etc. Quand je suis arrivé au village prévu, j'ai été arrêté par un agent allemand. Membre de la *Feldgendarmerie.*

Miller fut intéressé, malgré lui.

— Vous aviez été donné ?

— Quelque chose comme ça. Il n'était pas trop méchant. Il m'a dit qu'il regrettait mais qu'il devait me garder jusqu'à l'arrivée de la Gestapo. Nous avons bu ensemble. J'ai réussi à le frapper à la tête avec une bouteille de vin.

Le père Da Costa resta en contemplation devant le passé et Miller demanda :

— Et alors ?

— Il m'a tiré une balle dans le poumon gauche et je l'ai étranglé de mes mains, répondit le prêtre en les levant. Depuis, j'ai prié pour lui tous les jours de ma vie.

Ils tournèrent dans la ruelle sur le côté de l'église et Miller soupira.

— C'est bon, j'ai compris.

La voiture s'arrêta le long du trottoir. Il reprit d'une voix plus officielle :

— Légalement, votre attitude vous fait complice après coup. Vous le comprenez ?

— Parfaitement.

— Bon. Alors voici ce que j'ai l'intention de faire. Je vais m'adresser à vos supérieurs, dans un dernier effort pour vous faire entendre raison.

— C'est Mgr O'Halloran que vous voudrez voir. J'ai cherché à le voir moi-même, dans la journée, mais il est en voyage. Il rentrera demain matin. D'ailleurs cela ne vous servira à rien.

— Alors je demanderai un mandat d'amener et je vous arrêterai.

Le père Da Costa hocha gravement la tête.

— Vous devez faire ce que vous jugez conforme à votre devoir. Je le comprends très bien, monsieur l'inspecteur. Je prierai pour vous.

Il ouvrit la portière et descendit.

Miller grinça des dents, alors que la voiture redémarrait.

— Il priera pour moi ! Vous vous rendez compte ?

— Je sais, chef, dit Fitzgerald. C'est un sacré bonhomme, hein ?

Il faisait froid et humide dans l'église, quand le prêtre y entra. Il n'avait guère de temps avant la messe. Il était fatigué, abominablement fatigué. La journée avait été horrible, la pire qu'il eût connue depuis de longues années, depuis le camp de concentration chinois à Chong Sam. Si seulement Fallon et Miller — toute la bande — disparaissaient simplement, cessaient d'exister !

Il trempa ses doigts dans l'eau bénite et sur sa droite une allumette flamba dans la petite chapelle latérale de Saint-Martin-de-Porres, où quelqu'un allumait un cierge... éclairant une figure de connaissance.

Le temps resta en suspens une seconde et puis le diable surgit de l'obscurité et le père Da Costa ceignit ses reins pour l'affronter.

8

Le diable et ses œuvres

— Que venez-vous faire ici, monsieur Meehan ? demanda le père Da Costa.

— Vous savez qui je suis ?

— Oh oui ! J'ai appris à un âge très tendre à reconnaître le diable.

Meehan le considéra un moment, avec une stupeur réelle, puis il éclata de rire, la tête rejetée en arrière, et son rire se répercuta sous les voûtes.

— C'est excellent, ça me plaît, ça !

Le prêtre ne dit rien et Meehan haussa les épaules, en se tournant vers l'autel.

— Je venais ici quand j'étais môme. J'étais enfant de chœur. Vous ne me croyez pas, hein ?

— Je devrais ?

— Bien des fois, je suis monté à cet autel, quand c'était mon tour de servir la messe. Soutanelle rouge, surplis blanc. Ma vieille mère les blanchissait toutes les semaines. Elle adorait me voir là-haut. Le curé, c'était le père O'Malley, à l'époque.

— J'ai entendu parler de lui.

— Dur comme du vieux cuir, le mec, s'exclama Meehan tout à ses réminiscences et ravi de lui-même. Je me souviens, un samedi soir, deux Irlandais bourrés à mort sont entrés juste avant la messe et ils ont fait du chahut, ils ont commencé à renverser des trucs, à tout foutre en l'air. Il vous les a virés, fallait voir comme, le pied au cul et v'lan dans la rue. Disait qu'ils avaient profané la maison de Dieu et tout ça... Un sacré vieux bougre, c'était. Un jour il m'a pris avec un paquet de cibiches que j'avais piqué à un magasin du coin. L'a pas appelé les flics. Il m'a simplement flanqué une volée de coups de canne à la sacristie. Ha ! Ça m'a rendu honnête pour quinze jours, mon père. Je vous jure.

— Que venez-vous faire ici, monsieur Meehan ? répéta calmement le prêtre.

Meehan fit un grand geste embrassant l'église tout entière.

— C'est pas ce que c'était, moi je vous le dis. Dans le temps c'était beau, une vraie image, mais à présent... Ça risque de s'écrouler d'un moment à l'autre. Votre fonds de restauration ? Paraît que vous n'êtes pas allé bien loin, avec ça ?

Le père Da Costa comprit tout de suite.

— Et vous voudriez m'aider, c'est ça ?

— C'est ça, monsieur le curé. C'est ça, tout juste.

La porte s'ouvrit derrière eux, ils se retournèrent et virent entrer une vieille dame avec un cabas. Alors qu'elle faisait une génuflexion, le prêtre murmura :

— Nous ne pouvons pas causer ici. Venez.

Ils montèrent par le monte-charge au sommet du clocher. Il pleuvait encore quand ils sortirent sur la passerelle mais le brouillard s'était dissipé et la vue sur la ville était remarquable. On apercevait même, à six ou sept kilomètres, le bord de la lande sous le ciel gris. Meehan fut sincèrement enchanté.

— Dites donc ! Je suis monté ici une fois, quand j'étais môme. A l'intérieur du clocher. Mais c'était différent, dans le temps.

Il se pencha au garde-fou et indiqua l'endroit où les bulldozers creusaient le terrain vague.

— Nous habitions là. Au treize, Khyber Street.

Il se tourna vers le père Da Costa, qui ne répondit pas. Baissant la voix, il demanda :

— Cet arrangement entre Fallon et vous ? Vous allez vous y tenir ?

— Quel arrangement ?

— Vous savez bien ! Ce truc de la confession. Je suis au courant, il m'a tout raconté.

— Dans ce cas, puisque vous êtes catholique, vous devez savoir que je ne peux rien dire. Le secret de la confession est absolu.

Meehan éclata de rire.

— Je sais. C'est un malin, ce Fallon. Il vous a bien cloué le bec, hein ?

Une petite étincelle de rage brûlante jaillit dans l'âme de Da Costa et il respira profondément pour l'étouffer.

— Puisque vous le dites.

Meehan rit encore.

— Peu importe, mon père, je paie toujours mes dettes. Combien ? demanda-t-il, embrassant d'un geste l'église, les échafaudages, tout. Pour tout restaurer ?

— Quinze mille livres. Pour le travail préliminaire indispensable. Davantage plus tard.

— Facile. Avec mon aide, vous pourriez trouver la somme en deux ou trois mois.

— Puis-je demander comment ?

Meehan alluma une cigarette.

— Pour commencer, il y a les clubs. Des dizaines, dans tout le Nord. Il suffit que je dise un mot pour qu'ils fassent tous circuler le tronc.

— Et vous vous imaginez vraiment que j'accepterais ?

Meehan eut l'air franchement abasourdi.

— Ce n'est jamais que de l'argent, quoi. Des bouts de papier. Une monnaie d'échange, comme disent les types à la coule. C'est pas ça qu'il vous faut ?

— Au cas où vous l'auriez oublié, monsieur Meehan, Jésus a chassé les marchands du Temple. Il ne leur a pas demandé une contribution à la cause.

— Je ne comprends pas.

— Alors, posons le problème autrement. Ma religion m'enseigne que la réconciliation avec Dieu est toujours possible. Aucun être humain, quels que soient sa dégradation ou son péché, n'est exclu de la miséricorde de Dieu. J'ai toujours cru cela, jusqu'à présent.

Meehan était pâle de fureur. Il empoigna le bras de Da Costa et le poussa vers le garde-fou, en montrant le terrain vague.

— Treize, Khyber Street. Un ramassis de taudis. Une pièce en bas, deux en haut. Un seul cabinet puant pour quatre maisons. Mon vieux a foutu le camp quand j'étais môme, il avait du bon sens. Ma vieille, elle nous a fait vivre en faisant des ménages, quand elle en trouvait. Quand elle n'en trouvait pas, il y avait toujours une livre ou deux pour une passe rapide le samedi soir. Une foutue putain, voilà ce qu'elle était.

— Qui trouvait le temps de laver et de repasser votre surplis et votre soutanelle toutes les semaines ? Qui vous nourrissait, vous lavait et vous envoyait à l'église ?

— Au diable tout ça, dit froidement Meehan. Tout ce qu'elle a jamais eu, tout ce qu'avaient les gens de Khyber Street, c'était se faire baiser à mort, mais pas moi. Pas Jack Meehan. Je suis en haut, maintenant. Je suis au sommet du monde, où personne ne peut me toucher !

Le père Da Costa n'éprouva aucune pitié, rien qu'un terrible dégoût. Il déclara calmement :

— Je crois que vous êtes la créature la plus mauvaise et la plus pervertie que j'aie eu le malheur de rencontrer. Si je le pouvais, ce serait avec joie que je vous dénoncerais à qui de droit. Que je raconterais tout, mais pour des raisons que vous connaissez bien c'est impossible.

Meehan parut reprendre son sang-froid. Il ricana.

— Tant mieux, tant mieux. Moi, vous ne me toucheriez pas avec des pincettes, mais Fallon, c'est différent, hein ? Il n'assassine que des femmes et des enfants, lui.

Pendant un moment, le prêtre eut du mal à respirer. Il parla avec difficulté.

— Que voulez-vous dire ?

— Ne me racontez pas qu'il ne vous l'a pas dit ! Rien sur Belfast ou Londonderry, rien sur ce car plein de petits écoliers qu'il a fait sauter ? railla Meehan en se penchant vers le prêtre avec une expression d'une curieuse intensité, puis il sourit. Ça ne vous plaît pas, hein ? Vous avez succombé à son charme irlandais. Vous l'aimez bien, n'est-ce pas ? J'ai entendu dire que certains prêtres...

Il eut aussitôt une main à sa gorge, une main de fer qui le repoussa contre la cage du monte-charge. Il lutta pour sa peau, tandis que les yeux du prêtre lançaient des éclairs. Meehan essaya de donner un coup de genou mais ne trouva qu'une hanche habilement tournée vers lui. Le père Da Costa le secoua comme un rat, puis il ouvrit la porte et le jeta dans le monte-charge. La grille claqua alors qu'il se ramassait.

— Je vous aurai pour ça ! cria-t-il d'une voix rauque. Vous êtes de la viande froide !

— Mon Dieu, monsieur Meehan, murmura Da Costa à travers les barreaux, est un Dieu d'amour. Mais il est aussi un Dieu de colère. Je vous laisse entre ses mains.

Il appuya sur le bouton et la cage commença à descendre.

Quand Meehan sortit de l'église, une rafale soudaine lui jeta de la pluie à la figure. Il releva son col et prit le temps d'allumer une cigarette. Le soir tombait et en descendant les marches du porche il remarqua un groupe d'hommes attendant devant une porte de côté, en s'abritant contre le mur. Des épaves humaines, pour la plupart, en guenilles et chaussés de souliers éculés.

Il traversa la chaussée et Varley surgit de l'entrée d'un vieil entrepôt, au coin de la rue.

— J'ai attendu, monsieur Meehan, comme me l'a dit Billy.

— Qu'est devenu Fallon ?

— Il est parti dans la voiture avec Billy.

Meehan fronça les sourcils mais, pour le moment, cela pouvait attendre, alors il se tourna de nouveau vers la file d'attente.

— Qu'est-ce qu'ils font là ? C'est pour cette foutue soupe populaire ?

— C'est ça, monsieur Meehan. Dans la crypte.

Meehan considéra la queue pendant quelques minutes puis il sourit brusquement. Il ouvrit son portefeuille pour en extraire une liasse de billets.

— Ils sont vingt-deux, dans cette queue, Charlie. Tu vas leur donner une livre à chacun avec mes compliments et leur dire que le pub du coin vient d'ouvrir.

Varley traversa la rue pour faire sa distribution et en

quelques secondes, la queue se désintégra ; plusieurs hommes touchèrent leur casquette en passant devant Meehan, qui hocha gaiement la tête en suivant des yeux leurs pas traînants. Quand Varley revint, il n'y avait plus personne à la petite porte.

— Il va lui rester un sacré tas de soupe sur les bras, ce soir, dit Meehan en riant.

— Je ne sais pas, monsieur Meehan. Ils reviendront quand ils auront dépensé leur argent.

— Et à ce moment-là, ils auront un bon coup dans le nez, pas vrai ? Alors ils risquent de lui en faire voir. D'ailleurs, je vais même m'en assurer. Trouve-moi ce videur du Kit Kat Club. L'Irlandais O'Hara.

— Le grand Mick, monsieur Meehan ? demanda Varley avec inquiétude. Ça ne me plaît pas tellement. C'est un homme terrible, quand il s'y met.

Meehan lui fit tomber sa casquette et l'empoigna par les cheveux.

— Tu lui diras d'être devant cette porte avec un de ses copains, à l'heure d'ouverture. Personne n'entre pendant la première heure. Personne. Il attend d'avoir au moins une douzaine d'ivrognes pour le soutenir et puis il entre et il fout tout en l'air. S'il s'y prend bien, ça vaut vingt-cinq livres. Si le prêtre se casse un bras, comme ça par accident, ça en vaut cinquante.

Varley ramassa sa casquette dans le ruisseau.

— C'est tout, monsieur Meehan ? demanda-t-il peureusement.

— Ça suffira pour commencer, répliqua Meehan et il s'en alla en riant tout seul.

Le père Da Costa ne pouvait compter que sur trois enfants de chœur pour la messe du soir. La paroisse se mourait. A mesure que les maisons étaient la proie des démolisseurs, les familles déménageaient vers les lotissements neufs, ne laissant que les immeubles de bureaux. C'était une tâche sans espoir, il l'avait su quand on l'avait envoyé à l'église du Saint-Nom. Ses supérieurs le savaient. Une mission sans espoir pour lui enseigner l'humilité. N'était-ce pas ce qu'avait dit l'évêque ? Un peu d'humilité pour un homme qui avait eu l'arrogance de croire qu'il pourrait changer le monde. Refaire l'Église à sa propre image.

Deux des garçons étaient des Antillais, l'autre un Anglais de parents hongrois. Tous des produits des taudis encore debout. Ils l'attendaient dans un coin, en chuchotant entre eux, en riant parfois, lavés de frais, les cheveux brossés, en soutanelle rouge et surplis bien blanc. Est-ce que Jack Meehan avait été comme eux, autrefois ?

Le souvenir était comme un poignard dans son cœur. Le souvenir de sa propre violence, de sa rage meurtrière. La violence qui avait failli causer sa perte. Les hommes qu'il avait tués à la guerre, c'était une chose, mais ensuite... Le soldat chinois en Corée, qui mitraillait une colonne de réfugiés. Il avait ramassé un fusil et avait logé une balle dans la tête du soldat, à deux cents mètres. Adroitement, avec précision, l'ancien combattant reprenait provisoirement le dessus. Avait-il eu tort ? Avait-il réellement mal agi alors que tant de vies avaient été sauvées ? Et ce capitaine portugais au Mozambique qui pendait les guérilleros par les pieds ? Il avait presque battu cet homme à mort et c'était cet incident qui l'avait finalement fait rappeler, en disgrâce.

« Le temps où les évêques galopaient à la bataille

une masse d'armes à la main est révolu, mon ami, avait dit son évêque. Votre mission est de sauver des âmes. »

La violence pour la violence. C'était le credo de Meehan. Malade et dégoûté, le père Da Costa ôta l'étole violette qu'il avait portée pour les confessions et en prit une verte, qu'il croisa sous sa ceinture pour représenter la passion et la mort du Christ. Alors qu'il enfilait la vieille chasuble rose, la porte extérieure s'ouvrit et Anna entra, sa canne à la main, un imperméable sur les épaules. Il s'approcha pour le lui prendre, et la serra un instant contre lui.

— Tu vas bien ?

Elle se retourna aussitôt, la mine soucieuse.

— Qu'est-ce qu'il y a ? Vous êtes bouleversé. Il est arrivé quelque chose ?

— J'ai eu une entrevue désagréable avec ce Meehan, répondit-il à voix basse. Il m'a dit certaines choses sur Fallon. Des choses qui en expliqueraient beaucoup d'autres. Je t'en parlerai plus tard.

Elle s'assombrit mais il la conduisit vers la porte qu'il ouvrit et il la poussa dans l'église. Il attendit quelques instants, pour lui laisser le temps d'arriver à l'orgue, puis il fit signe aux jeunes garçons. Ils se formèrent en petite procession et, aux premières mesures de l'orgue, entrèrent dans le chœur.

La nef était pleine d'ombres, froide et humide, et la lumière des cierges alternait avec l'obscurité. Il y avait une quinzaine de personnes, pas plus. Jamais il ne s'était senti aussi découragé, si près de la fin de tout, jamais autant depuis la Corée. Mais il se tourna vers la statue de la Vierge. Elle paraissait flotter dans la lueur vacillante des cierges, si calme, si sereine, et le demi-sourire de ses lèvres entrouvertes semblait s'adresser à lui seul.

— *Asperges me...*, entonna-t-il en s'avançant dans la travée, précédé par un des Antillais portant l'aiguière d'eau bénite dans laquelle il plongeait son goupillon pour bénir au passage ses fidèles, les laver symboliquement de tout péché. Mais qui me lavera ? se demandait-il, désespéré. Qui ?

Vêtu de sa chasuble fanée, les mains jointes, il commença à dire la messe.

— Je confesse à Dieu tout-puissant et à vous, mes frères, que j'ai péché par ma faute, ma très grande faute, dit-il en se frappant la poitrine comme le rite l'exigeait. En pensées et en paroles, par action et par omission...

Derrière lui s'élevaient les voix de ses fidèles. Des larmes ruisselaient sur sa figure, les premières depuis de longues années, et il se frappa encore la poitrine.

— Seigneur, ayez pitié de moi, souffla-t-il. Aidez-moi. Montrez-moi ce que je dois faire.

9

Le bourreau

Le vent hurlait à travers la ville comme une créature vivante, chassait la pluie devant lui, vidait les rues, faisait claquer les vieux volets, frappait aux carreaux comme une présence invisible.

Quand Billy entra dans la chambre de Jenny Fox, elle se coiffait devant la glace, debout. Elle portait sa minijupe noire plissée, des bas foncés, des souliers vernis à hauts talons et un corsage blanc. Elle était extrêmement séduisante.

Quand elle se retourna, Billy ferma la porte et dit à voix basse :

— Jolie, très jolie. Il est encore dans sa chambre, n'est-ce pas ?

— Oui, mais il a dit qu'il allait ressortir.

— Nous devrons le faire changer d'avis, alors, dit Billy en allant s'asseoir sur le lit. Viens là.

Elle lutta pour maîtriser la panique qui menaçait de l'étouffer, le dégoût qui lui donnait la nausée quand elle s'approchait de lui.

Il glissa ses mains sous la jupe et caressa la chair tiède, au-dessus des bas.

— Voilà une bonne fille. Il aimera ça. Ils l'aiment tous, murmura-t-il en levant vers elle des yeux singulièrement rêveurs. Si tu me sabotes ça, tu sentiras ta douleur. Il faudra que je te punisse et ça ne te plaira pas, hein ?

Son cœur battait à lui faire mal.

— Je t'en prie, Billy ! Je t'en prie !

— Alors travaille bien. Je veux voir de quoi ce type est fait.

Il la repoussa, se leva et alla décrocher un petit tableau, au mur. Il y avait un judas derrière, astucieusement placé, et il regarda au travers. Au bout de quelques instants il se retourna avec satisfaction.

— Il vient d'ôter sa chemise. Alors vas-y et souviens-toi. Je t'observerai.

Il avait la bouche molle, les mains un peu tremblantes et elle se détourna en ravalant son écœurement, avant de sortir de la chambre.

Fallon était devant le lavabo, torse nu, de la mousse sur la figure quand elle frappa et entra. Il se tourna vers elle, un long rasoir-sabre à manche de corne dans la main. Elle s'adossa à la porte.

— Je suis navrée pour le rasoir, dit-elle. C'est tout ce que j'ai pu trouver.

— C'est très bien, assura-t-il avec un sourire. Mon père avait le même. Il n'en a jamais voulu d'autre, jusqu'à sa mort.

Il avait une rangée de vilaines cicatrices en travers de l'abdomen, descendant sur la hanche gauche. Elle ouvrit de grands yeux.

— Qu'est-ce qui vous est arrivé ?

Il baissa les yeux.

— Oh, ça ? Un coup de mitraillette. Un de ces cas où j'aurais dû être plus rapide.

— Vous étiez dans l'armée ?

— Façon de parler.

Il se retourna vers la glace pour achever de se raser. Elle vint plus près de lui. Il lui sourit en coin, en étirant sa bouche pour se raser.

— Vous êtes mignonne à croquer. Vous allez quelque part ?

Elle ressentait de nouveau cette chaleur, un picotement des yeux, et elle s'aperçut tout à coup avec étonnement qu'elle commençait à beaucoup aimer cet inconnu, mais en même temps elle se rappelait Billy, qui observait par le judas ses moindres mouvements.

Elle sourit avec coquetterie et lui caressa doucement le bras.

— Je pensais rester à la maison, ce soir. Et vous ?

Les yeux de Fallon se tournèrent un instant vers elle, presque amusés.

— Ma jolie, vous ne savez pas à quoi vous vous exposez. Et moi qui ai deux fois votre âge !

— J'ai une bouteille de whisky irlandais.

— Dieu nous garde si ce n'est pas assez pour tenter le diable en personne !

Il continua de se raser et elle alla s'asseoir sur le lit. Les choses se passaient mal, très mal et en pensant à la colère de Billy, elle eut froid dans le dos. Elle rassembla ses dernières ressources et fit un nouvel effort.

— Je peux avoir une cigarette ?

Il y avait un paquet sur la table de chevet et une boîte d'allumettes. Elle en prit une, l'alluma et s'allongea, un oreiller sous les épaules.

— Il faut vraiment que vous sortiez ?

Elle souleva un genou pour que la jupe en glissant découvre la peau nue en haut des bas fumés, et un slip de nylon noir transparent.

Fallon poussa un soupir, posa le rasoir et prit une

serviette. Il essuya la mousse de sa figure et s'approcha du lit.

— Vous allez prendre froid, dit-il avec un sourire en tirant sur la jupe, si vous ne faites pas attention. Oui, je vais sortir, mais je boirai un verre avec vous, avant, alors allez vite déboucher la bouteille.

Il la fit lever et la poussa fermement à travers la chambre. A la porte elle se retourna, les yeux effrayés.

— S'il vous plaît, implora-t-elle. Je vous en supplie.

Il fronça légèrement les sourcils, puis un petit sourire triste effleura sa bouche. Il l'embrassa avec douceur sur les lèvres et secoua la tête.

— Pas moi, ma jolie, pas moi, pour rien au monde. Vous avez besoin d'un homme... Je ne suis qu'un cadavre ambulant.

C'était une réflexion si effroyable, si redoutable par ses implications que cela chassa toute autre pensée de l'esprit de Jenny. Elle le regarda avec de grands yeux et il ouvrit la porte pour la pousser dehors.

La peur la possédait maintenant, une terreur qu'elle n'avait jamais connue. Elle se sentait incapable d'affronter ce qui l'attendait dans sa chambre. Si seulement elle pouvait descendre... mais il était déjà trop tard. Alors qu'elle avançait sur la pointe des pieds, la porte s'ouvrit et Billy la tira si violemment qu'elle trébucha, perdit une chaussure et alla s'étaler sur le lit.

Elle se retourna craintivement et vit qu'il débouclait déjà sa ceinture.

— T'as tout raté, hein ? gronda-t-il. Et après tout ce que j'ai fait pour toi !

— Non, Billy, non, je t'en prie, gémit-elle. Je ferai n'importe quoi !

— Tu peux le dire ! Tu vas avoir droit à un de mes trucs spéciaux, rien que pour te faire marcher droit, et la prochaine fois que je te dirai de faire quelque chose, tu tâcheras de le faire ! Allez, retourne-toi !

Il commença à déboutonner son pantalon. Elle secoua la tête, sans un mot, muette de peur. Il avait une figure... comme un miroir brisé avec des yeux pâles, fous. Il la gifla à toute volée.

— Tu vas obéir, oui, espèce de salope ?

Il la saisit par les cheveux et la força à se retourner, à plat ventre sur le bord du lit. De son autre main, il lui arracha le slip. Quand elle sentit sa dureté, quand il se força entre ses fesses comme un animal, elle hurla de douleur, à pleins poumons, la tête rejetée en arrière.

La porte s'ouvrit si violemment qu'elle se fendilla contre le mur et Fallon apparut, de la mousse sur un côté de la figure, le rasoir coupe-gorge ouvert dans sa main droite.

Billy se souleva de la fille, en marmonnant des jurons incohérents, et quand il se redressa, retenant son pantalon, Fallon fit deux pas rapides et lui balança un grand coup de pied dans les organes génitaux. Billy s'écroula d'un bloc et se tordit de douleur, les genoux remontés en chien de fusil.

La fille se rajusta de son mieux et se leva, ayant perdu toute dignité, la figure en larmes. Fallon essuya machinalement la mousse d'un revers de main. Il avait le regard terriblement noir.

Elle sanglotait tellement qu'elle pouvait à peine parler.

— Il m'a forcée à aller dans votre chambre. Il regardait.

Elle indiqua le mur et Fallon alla mettre son œil au judas. Il se retourna lentement.

— Ce genre de chose arrive souvent ?

— Il aime regarder.

— Et vous ? Et vous ?

— Je suis une prostituée, dit-elle avec simplicité, et tout à coup tout lui échappa, le dégoût, la honte, les années de déchéance. Est-ce que vous savez ce que ça veut dire ? Il m'a mise sur le trottoir de bonne heure, son frère.

— Jack Meehan ?

— Bien sûr. J'avais treize ans — juste ce qu'il fallait pour un certain genre de clients. A partir de là, ça a été la dégringolade.

— Vous pourriez partir.

— Pour aller où ? répliqua-t-elle, un peu plus maîtresse d'elle-même. Il faut de l'argent. Et j'ai une petite fille de trois ans.

— Ici ? Dans cette boîte ?

— Non. Je l'ai mise en nourrice. Une personne très gentille, dans un bon quartier, mais Billy sait où elle est.

A ce moment, Billy s'anima et se souleva sur un coude. Il avait les larmes aux yeux et de la mousse aux lèvres.

— Vous êtes fait, gémit-il. Quand mon frère saura ça, vous serez un homme mort.

Il tâtonna pour fermer sa braguette et Fallon s'accroupit à côté de lui.

— Mon grand-père, dit-il sur le ton de la conversation, avait une ferme, en Irlande. Il élevait surtout des moutons. Et tous les ans il en châtrait quelques-uns pour améliorer le goût de la viande et la qualité de la laine, quelque chose comme ça. Tu sais ce que ça veut dire, châtrer, mon petit Billy ?

— Ben merde, alors, oui. Vous êtes cinglé ! bredouilla Billy. Comme tous les foutus Irlandais.

— Ça veut dire qu'il leur coupait les testicules avec des ciseaux de tonte.

Une expression d'horreur glacée apparut sur la figure du garçon et Fallon reprit calmement :

— Si tu touches encore une fois à cette fille, de quelque manière que ce soit, je m'occuperai de toi personnellement. Je t'en donne ma parole, conclut-il en brandissant le rasoir.

Billy recula précipitamment et se ramassa, en s'appuyant contre le mur, la main crispée sur son pantalon.

— Vous êtes fou, chuchota-t-il. Fou furieux.

— Tu l'as dit, Billy. Capable de n'importe quoi, tiens-le-toi pour dit.

Le garçon fila par la porte ouverte et ses pas précipités résonnèrent dans l'escalier. La porte d'entrée claqua. Fallon se retourna, une main à sa joue.

— Est-ce que je pourrai finir de me raser, croyez-vous ?

Elle courut vers lui et lui empoigna farouchement les bras.

— Je vous en supplie, ne sortez pas. Ne me laissez pas !

— Il le faut. Mais il ne reviendra pas, pas tant que je serai ici.

— Et ensuite ?

— Nous trouverons quelque chose.

Elle se détourna et il lui prit vivement la main.

— J'en ai pour une heure, pas davantage. Je vous le promets. Et ensuite nous boirons ce verre de whisky. D'accord ?

Elle l'examina, indécise, inquiète. Les larmes avaient délayé son maquillage, ce qui la faisait paraître très jeune.

— Vous promettez ?

— Parole d'Irlandais !

Elle se jeta à son cou avec ravissement.

— Ah, je serai gentille avec vous ! Très gentille !

Il lui posa un doigt sur la bouche.

— Pas la peine. Pas la peine du tout. Je reviendrai. Mais faites-moi plaisir.

— Bien sûr ! Quoi donc ?

— Lavez-vous la figure, par pitié !

Il ferma la porte sans bruit, en sortant, et elle alla se regarder dans la glace. Il avait raison, elle avait une figure épouvantable et pourtant, pour la première fois depuis des années, ses yeux souriaient. Elle prit son gant de toilette et du savon et commença à se débarbouiller vigoureusement.

Le père Da Costa n'y comprenait rien. Le refuge était ouvert depuis une heure sans que vienne le moindre client. Depuis des mois qu'il organisait cette soupe populaire dans la crypte, ce n'était jamais arrivé.

Ce n'était pas grand-chose, ce refuge, mais les vieux murs de pierre avaient été blanchis à la chaux, il y avait un feu de coke dans un poêle, des bancs et des tables à tréteaux. Anna tricotait un chandail, assise à l'une d'elles. La soupe était devant elle dans une grande marmite thermos, avec une pile d'assiettes à côté. Il y avait plusieurs pains de la veille, gratuitement offerts par un boulanger du quartier.

Le prêtre remit du coke dans le poêle et l'attisa impatiemment. Anna interrompit son tricot.

— Qu'a-t-il pu se passer ? demanda-t-elle.

— Dieu sait ! Pas moi.

Il monta et sortit sous le porche. La rue lui parut déserte. La pluie n'était plus qu'un léger crachin. Il retourna dans la crypte.

L'Irlandais O'Hara, que Varley appelait le grand Mick, sortit d'une petite cour et s'arrêta sous un lampadaire. Il était très grand, au moins un mètre quatre-vingt-dix, avec de larges épaules, des cheveux noirs et un éternel sourire aux lèvres. L'homme qui surgit de l'ombre pour le rejoindre avait une demi-tête de moins que lui et un nez cassé.

Ce fut alors que Fallon tourna au coin de la rue. Il s'avança sans bruit et, en voyant O'Hara et son ami, il recula dans l'ombre pour se faire une idée de la situation. Quand l'Irlandais se mit à parler, il s'avança vers une encoignure de porte et l'écouta.

— C'est sûr et je pense que le bon révérend est bien prêt pour ça, Daniel. Combien en avons-nous là, maintenant ?

Daniel claqua des doigts et plusieurs silhouettes émergèrent de l'obscurité. Il les compta rapidement.

— J'en vois huit, annonça-t-il. Ça fait dix, avec nous.

— Neuf, dit O'Hara. Tu vas rester dehors et faire le guet, on ne sait jamais. Ils savent tous ce qu'ils ont à faire ?

— Je m'en suis occupé, assura Daniel. Pour une livre chacun, ils vont tout bousiller.

O'Hara se tourna vers le groupe.

— Rappelez-vous une chose. Da Costa est pour moi.

— Ça ne te gêne pas, Mick ? demanda Daniel. Vu que t'es irlandais et tout ? Après tout, c'est un curé.

— J'ai un terrible aveu à te faire, Daniel. Il y a des irlandais protestants et j'en suis. Allez, venez, les gars, dit-il et il traversa la rue.

Ils entrèrent et Daniel attendit près de la rampe, guettant le premier bruit de bagarre à l'intérieur. Quelqu'un toussota poliment derrière lui et il se retourna. Fallon était là, à un mètre ou deux, les mains dans les poches.

— D'où est-ce que vous sortez, vous ? gronda Daniel.

— Si on te le demande... Qu'est-ce qui se passe ici ?

Daniel savait reconnaître un danger mais il se trompa totalement sur son adversaire.

— Espèce de petit avorton, dit-il avec mépris. Tire-toi de là !

Il se rua à la charge, les mains tendues pour détruire mais elles ne se refermèrent que sur du vide alors qu'un coup de pied expert le faisait trébucher.

Il alla s'écraser sur la chaussée mouillée et se ramassa précipitamment, en proférant des obscénités. Fallon lui attrapa le poignet droit à deux mains et lui tordit le bras en le soulevant. Daniel poussa un cri de douleur et sentit son muscle céder. En le maintenant toujours par cette terrible clef, Fallon le fit courir la tête la première contre la rampe.

Daniel se redressa sur les genoux, la figure en sang, tendant une main suppliante.

— Non, arrête, par pitié.

— D'accord, dit Fallon. Des réponses, alors. Qu'est-ce qui se passe ?

— Ils sont censés tout foutre en l'air.

— Pour qui ?

Daniel hésita et Fallon le fit retomber d'un croc-en-jambe.

— Pour qui ?

— Jack Meehan, bredouilla Daniel.

Fallon le releva et recula.

— La prochaine fois, t'auras une balle dans le genou. C'est une promesse. Maintenant fous-moi le camp.

Daniel tourna les talons et s'enfuit en chancelant.

A la première ruée bruyante, le père Da Costa comprit la menace. Alors qu'il s'avançait, un banc fut renversé, puis un autre. Des mains s'abattirent sur lui, quelqu'un le tira par sa soutane. Il entendit Anna pousser des cris d'effroi et, en se retournant, il vit O'Hara derrière elle qui lui enlaçait la taille.

— Et alors, ma petite chérie, un gentil baiser, exigeait-il.

Elle se débattit, en pleine panique, les mains tendues en aveugle, et tomba contre la table à tréteaux qui s'écroula, en renversant la soupe sur les dalles, dans un fracas de vaisselle cassée.

Alors que le père Da Costa tentait d'aller vers elle, O'Hara éclata de rire.

— Oh ! Regarde ce que t'as fait !

Une voix calme, venant de la porte, trancha alors dans le tumulte.

— Mickeen O'Hara. C'est toi-même que je vois ?

Un silence tomba. Tout le monde attendit. O'Hara se retourna, avec une expression d'incrédulité totale qui semblait dire que cela ne pouvait pas arriver. Elle fut rapidement remplacée par une autre, faite de respect et de terreur.

— Dieu du ciel, souffla-t-il. C'est bien toi, Martin ?

Fallon marcha vers lui, les mains dans les poches et tout le monde retint son souffle.

— Dis-leur de remettre de l'ordre et de tout nettoyer, Mick, comme un bon garçon, et va m'attendre dehors.

O'Hara obéit sans aucune hésitation. Les autres se mirent aussitôt à redresser les tables et les bancs et l'un d'eux alla chercher un seau et une serpillière pour laver les dalles.

Le père Da Costa réconfortait Anna. Fallon s'approcha d'eux.

— Je suis désolé de cette violence, mon père. Cela ne se reproduira plus.

— Meehan ? demanda Da Costa.

— Oui. Vous vous attendiez à un assaut de ce genre ?

— Il est venu me voir, ce soir. J'avoue que nous ne nous sommes pas très bien entendus... Ce grand Irlandais, il vous connaît.

— Le petit copain du monde entier, c'est moi, répliqua Fallon avec un sourire. Bonne nuit.

Il revint vers la porte. Le père Da Costa le rattrapa alors qu'il l'ouvrait et lui posa une main sur le bras.

— Nous avons à causer, Fallon. Vous me devez bien ça.

— Très bien. Quand ?

— Je serai pris dans la matinée, mais demain je n'ai pas de confessions à l'heure du déjeuner. Voulez-vous à une heure ? Au presbytère ?

— J'y serai.

Fallon sortit et alla rejoindre O'Hara qui l'attendait nerveusement sous le lampadaire.

— Devant Dieu, si j'avais su que tu étais mêlé à tout ça, Martin, je n'y aurais pas touché avec des pincettes ! Je te croyais mort, depuis le temps. Nous le pensions tous.

— Ça va, dit Fallon. Combien est-ce que Meehan te paie ?

— Vingt-cinq livres. Cinquante si le curé avait un bras cassé.

— Combien d'avance ?

— Pas un kopeck.

Fallon ouvrit son portefeuille, prit deux billets de dix livres et les lui donna.

— Frais de voyage, en souvenir du bon vieux temps. J'ai l'impression que ça ne va pas être très sain pour toi, par ici, quand Jack Meehan saura que tu l'as laissé tomber.

— Dieu te bénisse, Martin, je serai en route dès ce soir, promit O'Hara et puis il hésita. Est-ce que ça te tourmente encore, Martin, ce qui est arrivé là-bas ?

— A chaque minute de chaque heure de chaque jour de ma vie, répondit Fallon avec une profonde conviction avant de tourner les talons et de s'engouffrer dans une rue transversale.

De l'abri du porche, Da Costa vit O'Hara traverser la chaussée. Il se dirigeait vers le pub du coin. Le prêtre l'y suivit.

Le bar était calme et c'était bien pour cela qu'O'Hara l'avait choisi. Il était encore durement secoué et il commanda un grand whisky qu'il avala d'un trait. Comme il en demandait un second, la porte s'ouvrit et le père Da Costa entra.

O'Hara tenta de fanfaronner.

— Tiens, vous voilà, mon père ! Vous prenez un verre avec moi ?

— Je préférerais boire avec le diable !

Da Costa le traîna vers une table du fond, l'y poussa et s'assit en face de lui.

— Où avez-vous connu Fallon ? demanda-t-il. Avant ce soir, je veux dire.

O'Hara le regarda bouche bée, le verre à mi-chemin de ses lèvres.

— Fallon ? Je ne connais pas de Fallon.

— Martin Fallon, imbécile ! Est-ce que je ne viens pas de vous voir causer tous les deux, devant l'église ?

— Ah, vous voulez dire Martin ! Fallon ? C'est comme ça qu'il se fait appeler maintenant ?

— Que pouvez-vous me dire de lui ?

— Pourquoi est-ce que je vous dirais quoi que ce soit ?

— Parce que sinon je téléphone à la police et je porte plainte contre vous. L'inspecteur principal Miller est un ami personnel. Il sera ravi de me rendre service, j'en suis sûr.

— D'accord, mon père, vous pouvez rappeler vos chiens.

O'Hara, radouci par deux grands whiskies, alla en chercher un troisième au comptoir et revint s'asseoir.

— Pourquoi est-ce que vous voulez savoir ?

— Est-ce que c'est important ?

— Pour moi, oui. Martin Fallon, comme vous l'appelez, est probablement le meilleur homme que j'aie connu de toute ma vie. Un héros.

— Pour qui ?

— Pour le peuple irlandais.

— Ah, je vois. Eh bien, je ne lui veux aucun mal, je puis vous l'assurer.

— Vous me donneriez votre parole là-dessus ?

— Naturellement.

— Bon. Mais je ne vous dirai pas son nom, son vrai nom. D'ailleurs, ça n'a aucune importance. Il était lieutenant dans l'IRA provisoire. On l'appelait le Bourreau, à Derry. Je n'ai jamais vu personne comme lui avec un flingue dans la main. Il aurait tué le pape s'il avait pensé que ça ferait progresser la cause. Et de ça ! dit O'Hara en se touchant le crâne. Sorti de l'université, monsieur le curé, vous vous rendez compte ? Trinity

College, pas moins. Y avait des jours où il vous débitait tout ça. De la poésie, des livres, ce genre de choses. Et il jouait du piano comme un ange...

O'Hara hésita, joua avec une cigarette, son regard assombri perdu dans le passé.

— Et puis il y avait les autres moments.

— Que voulez-vous dire ?

— Eh bien, il changeait complètement. Il rentrait totalement en lui-même. Pas d'émotion, pas de réaction. Rien. Froid et noir... Quand il était comme ça, il flanquait une trouille bleue à tout le monde, moi compris, je vous jure.

Il frémit et colla la cigarette au coin de sa bouche.

— Vous avez été longtemps avec lui ?

— Pas tellement. Ils n'ont jamais eu confiance en moi. Je suis protestant, vous comprenez, alors je me suis tiré.

— Et Fallon ?

— Il a préparé une embuscade pour un blindé Saracen, quelque part dans l'Armagh. Il a miné la route. Quelqu'un s'est gouré dans les horaires. A la place, ils ont eu un car de ramassage scolaire avec une douzaine de mômes à bord. Cinq tués, les autres infirmes. Vous savez ce que c'est. Ça a fini Martin. Je crois que ça faisait un bout de temps qu'il s'inquiétait de la tournure des événements. Tous ces meurtres et tout. L'affaire du car, ça a été la dernière goutte, quoi.

— Je comprends ça, dit Da Costa sans ironie.

— Je le croyais mort. Aux dernières nouvelles, l'IRA avait un peloton d'exécution à sa recherche. Moi, je ne compte pas, personne ne se soucie de moi, mais un type comme Martin, c'est différent. Il en sait trop. Pour un homme comme lui, y a qu'un moyen de se retirer du mouvement et c'est dans un cercueil. Allez, monsieur le curé, je vais vous quitter, maintenant, dit-il en se levant, la figure congestionnée. Cette ville et moi, nous nous séparons.

Le père Da Costa le suivit à la porte. En sortant sous la pluie, O'Hara boutonna son blouson et demanda gaiement :

— Ça vous est arrivé de vous demander à quoi ça rime, tout ça ? La vie, je veux dire.

— Constamment, répondit le prêtre.

— Ça c'est franc, au moins. A plus tard en enfer, monsieur le curé !

Il partit en sifflotant et Da Costa retourna à son église. Quand il descendit dans la crypte, tout avait été remis en ordre. Les hommes étaient partis et Anna attendait patiemment, sur un des bancs.

— Je regrette d'avoir dû te laisser, dit-il, mais je voulais parler à l'homme qui connaissait Fallon. Celui qui a tout déclenché. Il était au pub du coin.

— Qu'avez-vous appris ?

Il hésita, puis le lui dit. Quand il eut fini, elle avait une expression douloureuse. Elle murmura :

— Il n'est donc pas ce qu'il paraissait au premier abord.

— Il a tué Krasko, lui rappela le prêtre. Il l'a abattu, de sang-froid. Il n'y a là rien de romanesque.

— Vous avez raison, naturellement, dit-elle en prenant son manteau à tâtons avant de se lever. Qu'allez-vous faire maintenant ?

— Que diable veux-tu que je fasse ? s'exclama-t-il presque avec colère. Que je sauve son âme ?

— C'est une idée.

Elle lui glissa une main sous le bras et ils sortirent ensemble.

Il y avait un vieil entrepôt derrière l'établissement de Meehan, à Paul's Square, et un escalier d'incendie extérieur permettait d'accéder facilement au toit plat.

Fallon, accroupi derrière un mur bas, vissait le silencieux au canon du Ceska, en guettant sous la pluie. Les deux fenêtres mansardées de l'appartement de Meehan n'étaient qu'à vingt mètres et les rideaux n'étaient pas tirés. Il avait vu plusieurs fois Meehan aller et venir, un verre à la main. A un moment donné, Rupert l'avait rejoint, lui avait mis un bras autour du cou mais avait été brutalement repoussé.

C'était un tir difficile, à cette distance, avec une arme de poing, mais pas impossible. Fallon se ramassa sur lui-même, tenant le Ceska à deux mains, et visa la fenêtre de gauche. Meehan apparut brièvement et s'arrêta en portant le verre à ses lèvres. Fallon tira un seul coup.

Dans l'appartement, un miroir accroché au mur vola en éclats et Meehan se jeta par terre. Rupert, qui regardait la télévision allongé sur le canapé, se retourna vivement. Il ouvrit des yeux ronds.

— Mon Dieu ! Regarde la fenêtre. Quelqu'un vient de te tirer dessus !

Meehan leva les yeux vers le petit trou, des craquelures en toile d'araignée, et tourna la tête vers la glace. Il se releva lentement. Rupert s'approcha de lui.

— Tu veux que je te dise quelque chose, mon canard ? Tu deviens trop bougrement dangereux à fréquenter.

Meehan l'écarta d'un geste rageur.

— Va me chercher à boire, connard. Faut que je réfléchisse.

Deux minutes plus tard, le téléphone sonna. Quand il décrocha, il entendit l'indicatif d'une cabine publique et puis une voix quand la pièce tomba à l'autre bout du fil.

— C'est vous, Meehan ? Vous savez qui c'est ? demanda Fallon.

— Salaud ! gronda Meehan. Qu'est-ce que tu cherches ?

— Cette fois, je vous ai manqué parce que je le voulais. Souvenez-vous de ça et dites à vos gros-bras de ne pas s'approcher du Saint-Nom... et c'est valable pour vous aussi.

Il raccrocha et Meehan en fit autant. Il se retourna, blême de fureur, et Rupert lui tendit un verre.

— Tu n'as pas trop bonne mine, mon canard. Mauvaises nouvelles ?

— Fallon, grinça Meehan entre ses dents. C'était ce fumier de Fallon et il m'a manqué parce qu'il le voulait.

— Ça ne fait rien, mon caneton. Après tout, tu m'as toujours, moi.

— C'est vrai, dit Meehan. J'oubliais.

Et il lui décocha un grand coup de poing dans le ventre.

Il était tard, quand Fallon rentra, beaucoup plus tard qu'il ne le voulait, et il ne vit aucune trace de Jenny. Il ôta ses souliers avant de monter et suivit sans bruit le couloir jusqu'à sa chambre.

Il se déshabilla, se coucha et alluma une cigarette. Il était fatigué. Cela avait été une sacrée journée, vraiment. On gratta timidement à la porte. Elle s'ouvrit et Jenny entra.

Elle avait une chemise de nuit en nylon bleu foncé, les

cheveux retenus sur la nuque par un ruban et la figure bien débarbouillée.

— Jack Meehan était au téléphone, il y a une demi-heure, dit-elle. Il a dit qu'il voulait vous voir dans la matinée.

— Il a dit où ?

— Non, simplement que je devais vous dire que ça ne pourrait pas être plus public et que vous n'aviez donc pas a vous inquiéter. Il enverra une voiture à sept heures et demie.

Fallon fronça les sourcils.

— Un peu tôt pour lui, on dirait, non ?

— Je ne sais pas... J'ai attendu. Vous aviez dit une heure. Vous n'êtes pas venu.

— Je vous demande pardon. Je ne pouvais pas faire autrement, croyez-moi.

— Je vous ai cru, dit-elle. Vous êtes le premier homme depuis des années qui ne m'ait pas traitée comme quelque chose qu'on raclerait de son soulier.

Elle se mit à pleurer. Sans un mot, il rabattit les couvertures et tendit une main. Elle courut en chancelant se glisser à côté de lui.

Il éteignit la lampe. Elle resta allongée contre lui, la figure contre sa poitrine, en sanglotant. Il la serra dans ses bras, lui caressa les cheveux et, au bout d'un moment, elle s'endormit.

10

Exhumation

La voiture qui vint chercher Fallon le lendemain à sept heures du matin était une limousine noire de cortège funèbre. Varley était au volant, en strict costume bleu marine et casquette de chauffeur. Il n'y avait pas d'autre passager.

Fallon monta à l'arrière et claqua la portière. Il se pencha pour ouvrir la vitre de séparation.

— C'est bon, dit-il quand Varley démarra. Où allons-nous ?

— Au cimetière catholique.

Fallon, qui allumait sa première cigarette de la journée, sursauta et Varley se hâta d'ajouter d'une voix rassurante :

— Vous n'avez pas à vous inquiéter, monsieur Fallon. Vraiment pas. Simplement, M. Meehan avait une exhumation, ce matin.

— Une exhumation ?

— Eh oui. Il n'y en a pas très souvent et M. Meehan aime bien s'occuper personnellement de ces choses-là. Il est terriblement consciencieux dans son travail.

— Je le crois aisément. Qu'est-ce qu'il a de particulier, ce cas-là ?

— Pas grand-chose. Il a dû penser que vous trouveriez ça intéressant. Le type qu'on déterre, c'est un Allemand. Mort il y a dix-huit mois environ. Sa femme n'avait pas les moyens de le ramener en Allemagne, à l'époque, mais maintenant elle a fait un petit héritage et elle veut l'enterrer à Hambourg... Ah, monsieur Fallon, les pompes funèbres, c'est un métier fascinant. Il se passe toujours quelque chose de nouveau.

— Je n'en doute pas, dit Fallon.

Dix minutes plus tard, ils arrivèrent au cimetière et Varley y pénétra, puis remonta l'allée, en passant devant la chapelle et le pavillon du gardien-chef. Ensuite il suivit un étroit sentier.

La tombe en question était au sommet d'un tertre, protégée par une bâche. Une douzaine de personnes au moins l'entouraient et il y avait aussi un camion et deux voitures. Meehan, à côté de l'une d'elles, s'entretenait avec un homme aux cheveux gris en ciré et bottes de caoutchouc. Meehan était coiffé d'un chapeau noir à bord roulé et portait son habituel pardessus croisé ; Donner l'abritait avec un parapluie.

Quand Fallon descendit et pataugea vers eux sous la pluie, Meehan se retourna et lui sourit.

— Ah, vous voilà. Je vous présente M. Adams, inspecteur de la Santé publique. M. Fallon est un de mes collaborateurs.

Adams serra la main de Fallon et dit à Meehan :

— Je vais voir où ils en sont, monsieur Meehan.

Il s'éloigna. Fallon demanda :

— Alors, à quel jeu jouons-nous maintenant ?

— Rien d'un jeu. C'est strictement professionnel et j'ai des obsèques ensuite, alors je suis pris toute la matinée, mais je pense que nous devons avoir une conversation. Nous pourrions faire ça dans la voiture, en chemin. Pour le moment, restez près de moi et faites semblant d'être de la maison. C'est une affaire rigoureusement privée. Le gardien-chef du cimetière ne serait pas très content s'il savait qu'une personne de l'extérieur s'y est glissée.

Il s'avança vers la tombe, Donner portant le parapluie, et Fallon les suivit. L'odeur était infecte, il n'avait jamais rien senti d'aussi épouvantable ; quand il se pencha sur la tombe ouverte, il vit qu'elle avait été saupoudrée de chaux.

— Y a cinquante centimètres d'eau là-dedans, monsieur Meehan, dit l'inspecteur de la Santé publique. Pas de drainage. Trop d'argile. Ce qui veut dire que le cercueil doit être en piteux état. En miettes, probablement.

— Ça arrive. Autant avoir l'autre tout prêt.

Meehan fit un signe de tête et deux des fossoyeurs qui attendaient soulevèrent un grand cercueil de chêne, à l'arrière du camion, et le déposèrent à côté de la fosse. Quand ils l'ouvrirent, Fallon vit qu'il était doublé de zinc.

— Le vieux cercueil retombe dedans et nous refermons le couvercle, expliqua Meehan. C'est tout simple. Le couvercle doit être soudé, notez bien, en présence de l'inspecteur de la Santé publique. C'est la loi si on veut transporter un cadavre par avion, d'un pays à un autre.

Il y eut alors une agitation subite et, en se retournant, ils virent les six hommes groupés autour de la tombe soulever le cercueil. Des sangles avaient été passées dessous pour empêcher, dans la mesure du possible, sa désintégration totale, mais alors que la bière apparaissait, une planche tomba et deux pieds pourris apparurent, sans leurs orteils.

L'odeur empira tandis que la demi-douzaine de malheureux fossoyeurs se traînaient vers le nouveau cercueil en portant tant bien que mal le vieux. Meehan paraissait extrêmement satisfait de toute l'affaire et il s'approcha, en aboyant des ordres.

— Attention, là ! Doucement ! Un poil de plus sur la gauche... Comme ça. Voilà.

Le vieux cercueil tomba dans le neuf, le couvercle fut rabattu. Il se tourna triomphalement vers Fallon.

— Je vous ai dit que c'était tout simple, n'est-ce pas ? Maintenant, dépêchons, dépêchons. J'ai une incinération à neuf heures et demie.

Les fossoyeurs avaient été rudement secoués. L'un d'eux alluma une cigarette, les mains tremblantes, et dit à Fallon, avec l'accent de Dublin :

— C'est-y vrai qu'ils le transportent par avion en Allemagne, cet après-midi ?

— Il paraît, oui.

Le vieux fit une grimace.

— C'est sûr que j'espère que le pilote aura le nez de baisser ses vitres.

Ce qui eut au moins le mérite de faire rire Fallon.

Pour le retour, Donner prit le volant et Fallon et Meehan s'installèrent à l'arrière. Meehan ouvrit un compartiment, dans la moitié inférieure de la paroi de séparation, et y prit une thermos et une demi-bouteille de cognac. Il remplit à moitié une tasse de café et ajouta une bonne rasade de cognac.

— Hier soir, dit-il en se carrant sur la banquette, c'était tout à fait stupide. Pas du tout ce que j'appellerais un geste amical. Qu'est-ce qui t'a pris d'aller faire un truc comme ça ?

— Vous promettez de laisser le prêtre tranquille et puis vous envoyez O'Hara à la crypte pour tout foutre en l'air. Une chance que je sois arrivé à ce moment-là. Quant à O'Hara, lui et moi sommes de vieux camarades, en quelque sorte. Il s'est tiré, au fait. Vous ne le reverrez plus dans ce coin.

— Tu n'as pas chômé...

Meehan rajouta une nouvelle dose de cognac à son café.

— Je dois avouer que le père Da Costa m'a un peu agacé. Il n'a pas été très gentil quand je lui ai parlé hier soir, alors que j'offrais simplement de l'aider à récolter des fonds pour réparer sa ruine d'église.

— Et vous vous figuriez qu'il accepterait ? s'exclama Fallon dans un éclat de rire. C'est une plaisanterie !

Meehan haussa les épaules.

— N'empêche que cette balle était une action inamicale.

— Tout comme Billy faisant le voyeur chez Jenny Fox, rétorqua Fallon. Quand est-ce que vous allez vous décider à faire quelque chose pour cette larve ? Il ne peut pas sortir sans son gardien !

La figure de Meehan s'assombrit.

— C'est mon frère ! Il a des défauts mais qui n'en a pas ? Quiconque lui fait du mal me fait du mal à moi aussi.

Fallon alluma une cigarette et Meehan lui sourit largement.

— Dans le fond, tu ne me connais pas, Fallon. Mon autre facette, je veux dire. Les pompes funèbres.

— Vous les prenez au sérieux.

C'était une affirmation, pas une question, et Meehan hocha gravement la tête.

— Faut avoir du respect pour la mort. C'est un métier sérieux. Trop de gens le traitent par-dessus la jambe, de nos jours. Moi, j'aime que tout soit fait bien comme il faut.

— Je m'en doute.

— C'est pour ça que j'ai pensé que ce serait une bonne idée de se voir tous les deux comme ça, ce matin... que ça t'intéresserait. Qui sait, tu pourrais même avoir un avenir dans la profession ?

Il posa une main sur le genou de Fallon, qui s'écarta, mais il ne s'en vexa pas du tout.

— Enfin bref, nous allons te faire débuter par une bonne incinération. On verra ce que tu penses de ça.

Il se versa encore du café, le corsa au cognac et s'adossa en poussant un soupir d'aise.

Le crématoire s'appelait Pine Trees et quand la voiture franchit le portail, Fallon s'étonna de voir le nom de Meehan, à la feuille d'or, parmi ceux des six directeurs affichés sur un panneau.

— Je possède cinquante et un pour cent des parts, dit Meehan. Le crématoire le plus moderne du nord de l'Angleterre. Tu verrais les jardins, au printemps et en été ! Ça nous coûte la peau des fesses mais ça vaut le coup. On y vient de partout.

Le pavillon du gardien-chef était juste à côté du portail. Ils le passèrent et arrivèrent devant un magnifique bâtiment à colonnes. Meehan frappa à la vitre de séparation et Donner s'arrêta. Meehan baissa sa vitre.

— C'est ce qu'on appelle le columbarium, expliqua-t-il. Il y a des gens qui aiment bien conserver les cendres dans une urne et l'exposer. Il y a des niches, dans ce mur, pleines pour la plupart. Nous essayons de décourager cette pratique.

— Et qu'est-ce que vous recommandez ? demanda Fallon d'une voix ironique.

— La dispersion, répondit sérieusement Meehan. La dispersion des cendres dans l'herbe, leur pénétration dans le sol. Nous venons de la terre, nous y retournons. Je te montrerai, si tu veux, après les obsèques.

Fallon ne trouva absolument rien à répondre. Cet homme se prenait terriblement au sérieux. C'était vraiment incroyable. Il se carra dans son coin et attendit la suite des événements.

La chapelle et le four crématoire étaient au centre de la propriété et à plusieurs centaines de mètres du portail principal, cela pour des raisons évidentes. Plusieurs voitures étaient déjà garées devant et un corbillard attendait, avec un cercueil à l'arrière et Bonati au volant.

— Nous faisons généralement arriver le corbillard en avance, si la famille est d'accord. On ne peut plus avoir de cortège funèbre qui suive le cercueil, aujourd'hui. Avec cette circulation, ce n'est pas possible de rester groupés.

Quelques instants plus tard, une limousine remonta l'allée, suivie par trois autres. Billy était assis à côté du chauffeur, dans la première. Meehan descendit de voiture et s'avança, le chapeau à la main, pour saluer la famille.

Ce fut un sacré numéro et Fallon le contempla avec admiration ; Meehan passait d'un groupe à l'autre, la mine affligée, l'allure grave. Il était particulièrement remarquable avec les vieilles dames.

Le cercueil fut transporté dans la chapelle et la famille le suivit. Meehan vint chercher Fallon.

— Vas-y. Autant tout voir.

L'office fut péniblement bref, presque aussi synthétique que la musique religieuse enregistrée avec son chœur céleste en sourdine. Fallon fut soulagé quand l'affaire se termina ; des rideaux tirés par un système automatique cachèrent alors le cercueil.

— Ils le tirent dans la salle funéraire sur une courroie de transmission, chuchota Meehan. Je t'y mènerai par derrière, quand ils seront partis.

Il exécuta un nouveau numéro avec la famille quand tout le monde sortit. Une tape de consolation dans le dos, la main d'une vieille dame tenue un instant, cela suffisait mais c'était magistral. Enfin, il parvint à s'esquiver et fit signe à Fallon. Ils contournèrent le bâtiment et il ouvrit une porte, par-derrière. Ils entrèrent tous deux.

Il y avait là quatre énormes fournaises cylindriques. Deux ronflaient furieusement, la troisième était silencieuse et un homme en blouse blanche ratissait la quatrième. Meehan le salua familièrement.

— Arthur nous suffit, ici. Tout est entièrement automatique. Viens, je vais te montrer.

Le cercueil que Fallon avait vu dans la chapelle attendait sur un chariot.

— Des portes caoutchoutées dans le mur, expliqua Meehan. Il passe directement à travers sur des rouleaux et arrive sur le chariot.

Il le poussa vers le crématoire froid et ouvrit la porte. La bière était exactement de la bonne hauteur et elle glissa facilement sur les rouleaux. Il referma la porte et abaissa une manette rouge. Aussitôt, un rugissement se fit entendre et, par un judas de verre, Fallon vit des flammes jaillir à l'intérieur.

— C'est tout ce qu'il faut, dit Meehan. Ces fours fonctionnent par rayonnement calorique et ils sont ce qu'il y a de plus efficace, le dernier cri. Une heure en tout, du commencement jusqu'à la fin et pas besoin de préchauffage. Dès qu'il atteint les mille degrés, le cercueil flambe comme une torche.

Fallon regarda par la vitre et vit en effet le cercueil prendre feu d'un coup. Il aperçut une tête, les cheveux en flammes, et se détourna précipitamment.

Meehan était allé au four où Arthur maniait si vigoureusement son râteau.

— Viens voir ça. Voilà ce qui reste de toi.

Tout ce qui restait, c'était un squelette calciné, en morceaux. Alors qu'Arthur le poussait du râteau, les ossements se brisèrent et les morceaux tombèrent par une grille dans la grande boîte en fer-blanc, au-dessous, qui contenait déjà une bonne quantité de cendres.

Meehan la tira, la souleva et la porta vers un appareil, sur un établi contre le mur.

— C'est le pulvérisateur, expliqua-t-il en vidant la boîte dedans. Regarde bien. Deux minutes, c'est tout.

Il appuya sur un bouton et l'appareil se mit en marche avec un horrible bruit grinçant. Quand Meehan fut satisfait, il arrêta le moteur et dévissa une urne de métal, dessous, qu'il montra à Fallon. Elle était pleine aux trois quarts de fine cendre grise.

— Tu remarqueras qu'il y a déjà une étiquette, sur l'urne. C'est très important. Nous faisons tout suivant un système de rotation. Aucune possibilité d'erreur, dit Meehan en ouvrant un tiroir d'un bureau, à côté, où il prit une carte blanche bordée de noir. Et la famille reçoit une de ces cartes avec le numéro de la parcelle de terrain. C'est ce que nous appelons une carte Repose-en-paix. Maintenant, viens, je te montrerai la procédure finale.

Il pleuvait toujours alors qu'ils suivaient l'allée

derrière le bâtiment, entre deux haies de cyprès. Ils arrivèrent sur une vaste pelouse, quadrillée de petites haies de buis. Les sentiers étaient bordés de plaques numérotées.

Un jardinier binait un massif fleuri, une brouette à côté de lui. Meehan l'appela.

— Encore du boulot, Fred. Tu ferais bien de noter dans ton petit livre noir.

Le jardinier tira de sa poche un carnet où il inscrivit les indications tapées sur l'étiquette de l'urne.

— Numéro cinq cent trente-sept, monsieur Meehan, annonça-t-il quand il eut fini.

— Très bien, Fred, occupe-toi de ça.

Le jardinier s'avança vers la plaque portant le bon numéro et dispersa les cendres sur l'herbe humide. Puis il prit un balai de brindilles pour les faire pénétrer en frottant.

— Et voilà, dit Meehan à Fallon. Toute l'histoire. Poussière tu retournes à la poussière. Une carte Repose-en-paix avec le bon numéro, c'est tout ce qui reste.

Ils retournèrent vers la chapelle.

— Pour moi, reprit Meehan, j'aimerais mieux être enterré. C'est plus convenable, mais faut bien donner aux gens ce qu'ils veulent.

Ils firent le tour et, devant la chapelle, ils trouvèrent Donner et Varley qui venaient d'arriver avec l'autre limousine. Billy et Bonati étaient partis. Le directeur du crématoire apparut — il avait quelques mots à dire à Meehan — et Fallon resta seul un moment.

Il avait encore au nez la puanteur de la tombe ouverte. Juste à l'intérieur de la porte de la chapelle il y avait des toilettes et il alla s'y passer la figure et les mains à l'eau froide.

Un des carreaux de la petite fenêtre au-dessus du

lavabo était cassé et la pluie y pénétrait. Il resta là quelques instants, soudain déprimé. La tombe ouverte, les pieds sans orteils sortant de ce cercueil pourri avaient été un sacré début de journée, et maintenant cela... Un homme était si peu de chose, à la fin. Une poignée de cendres.

Quand il ressortit, Meehan l'attendait.

— Eh bien voilà, dit-il. Tu veux en voir un autre ?

— Pas si je peux l'éviter !

Cela fit rire Meehan.

— J'en ai encore deux, ce matin, mais ça ne fait rien. Varley va te reconduire chez Jenny. Ça ne vaut pas le coup de sortir par un temps pareil, à moins d'y être obligé. Si j'étais toi, je resterais bien à l'abri. Je te jure, ça pourrait être intéressant. C'est le feu de Dieu, notre Jenny, quand elle s'y met.

— Je sais. Vous me l'avez déjà dit.

Fallon monta à l'arrière de la limousine et Varley démarra. Au lieu de passer par le portail principal, il suivit une allée à peine assez large pour la voiture et tourna à droite sous les arbres.

— J'espère que ça ne vous fait rien, monsieur Fallon, mais par là, on gagne bien trois kilomètres.

Ils arrivèrent devant une grille à cinq barreaux. Il descendit, alla ouvrir, passa, et ressortit pour fermer la grille. La route était à cinquante mètres, au bout de l'allée.

Alors qu'ils roulaient vers le centre ville, Fallon lui dit :

— Tu peux me déposer n'importe où, Charlie.

— Mais vous ne pouvez pas faire ça, monsieur Fallon ! Vous savez bien que vous ne pouvez pas, gémit Varley. Vous avez entendu M. Meehan. Je dois vous ramener chez Jenny.

— Eh bien, tu diras à M. Meehan, avec mes compliments, que je préfère faire autre chose.

Ils suivaient maintenant Rockingham Street, et quand ils arrivèrent à la hauteur de Saint-Nom, Fallon se pencha subitement sur le dossier du siège avant et coupa le contact. Alors que la voiture ralentissait et s'arrêtait, il en sauta et traversa la chaussée. Varley le regarda entrer par la petite porte de côté, dans l'église, puis il redémarra rapidement pour aller faire son rapport.

11

L'Évangile selon Fallon

Le chanoine O'Halloran, administrateur de la cathédrale, était à la fenêtre de son cabinet de travail quand Miller et Fitzgerald furent introduits. Il se retourna pour les accueillir et marcha vers son bureau en s'appuyant lourdement sur une canne, traînant sa jambe gauche.

— Bonjour, messieurs, mais est-ce un bon jour ? J'ai parfois l'impression qu'il ne s'arrêtera jamais de pleuvoir.

Il avait l'accent de Belfast et il plut immédiatement à Miller pour l'unique raison qu'en dépit de ses cheveux blancs il donnait l'impression d'avoir été un bon boxeur poids lourd, autrefois, et que son nez avait été cassé en deux endroits.

— Je suis l'inspecteur principal Miller, monseigneur. Je crois que vous connaissez l'inspecteur Fitzgerald.

— Certainement. Un de nos fidèles chevaliers de Saint-Columba. L'évêque est à Rome, hélas, alors vous devrez vous contenter de moi.

— Vous avez reçu ma lettre, monseigneur ?

— Oui, elle m'a été remise en mains propres hier soir.

— J'ai pensé que cela ferait gagner du temps, dit Miller et il hésita un instant avant d'ajouter : J'avais demandé que le père Da Costa soit présent.

— Il attend dans la pièce voisine, répondit le chanoine en bourrant méthodiquement sa pipe. J'ai préféré entendre d'abord ce que l'accusation avait à dire.

— Vous avez lu ma lettre. Tout y est expliqué.

— Mais qu'attendez-vous de moi ?

— Que vous fassiez entendre raison au père Da Costa. Il doit nous aider dans cette affaire. Il doit identifier cet homme.

— Si votre supposition est exacte, notre Saint-Père lui-même ne pourrait le faire, monsieur l'inspecteur principal, déclara calmement Mgr O'Halloran. Le secret de la confession est absolu.

— Dans un cas comme celui-ci ? s'exclama Miller avec colère. C'est ridicule et vous le savez fort bien !

L'inspecteur Fitzgerald tenta de le calmer en lui posant une main sur le bras mais le chanoine n'était pas le moins du monde perturbé.

— Pour un protestant ou un juif, ou même pour n'importe qui en dehors de la religion catholique, la simple idée de la confession doit paraître absurde. Un anachronisme qui n'a aucune place dans le monde moderne. Vous êtes d'accord, inspecteur ?

— Compte tenu de la situation actuelle, je dois dire que je le suis.

— L'Église a toujours pensé que la confession est bonne pour l'âme. Le péché est un terrible fardeau et grâce à la confession les personnes ont la possibilité de se soulager de ce fardeau et de repartir d'un bon pied.

Miller s'agita impatiemment mais O'Halloran continua de parler de la même voix calme. Il était extraordinairement persuasif.

— Pour que la confession soit une bonne thérapie, elle doit être dite à quelqu'un et c'est là que le prêtre entre en scène. Uniquement comme l'intermédiaire de Dieu, naturellement, et l'on ne peut attendre des personnes qu'elles se soulagent que si elles savent que leur aveu restera strictement confidentiel et ne sera révélé en aucun cas.

— Mais nous parlons d'un meurtre, monseigneur ! D'un meurtre et d'une corruption qui vous épouvanteraient.

— J'en doute, dit le chanoine avec un léger rire et il approcha une autre allumette de sa pipe. C'est bizarre mais si la majorité des gens s'imaginent que les prêtres sont en quelque sorte à l'écart du monde réel, je suis confronté à plus de méfaits humains en une semaine que l'homme moyen en une vie entière.

— Très intéressant, grommela Miller, mais je ne vois pas le rapport.

— Très bien, inspecteur. Alors réfléchissez à ceci. Pendant la dernière guerre, j'étais dans un camp de prisonniers allemand où les plans d'évasion étaient constamment déjoués parce que quelqu'un informait les autorités allemandes de tous les projets...

Il se souleva de son fauteuil et alla péniblement à la fenêtre.

— Je savais qui c'était, je l'ai su pendant des mois. L'homme en question me l'avait dit en confession.

— Et vous n'avez rien fait ? s'exclama Miller, sincèrement choqué.

— Oh, j'ai bien essayé de le raisonner en particulier, mais je ne pouvais rien faire de plus. Je n'avais aucune possibilité de faire savoir aux autres, même par allusion, ce qui se passait. Croyez-vous que ce soit facile de porter ce genre de fardeau, inspecteur ? Je vais vous faire une confidence. Pas une semaine ne se passe sans que quelqu'un me dise quelque chose qui tombe sous le coup de la loi.

Miller se leva.

— Alors vous ne pouvez pas nous aider ?

— Je n'ai pas dit cela. Je lui parlerai. J'écouterai ce qu'il a à dire. Voulez-vous attendre à côté, pendant quelques minutes ?

— Certainement, mais j'aimerais le revoir en votre présence, avant que nous partions.

— Comme vous voudrez.

Ils sortirent et Mgr O'Halloran appuya sur le bouton de son interphone.

— Je suis prêt à recevoir le père Da Costa, maintenant.

C'était une sale affaire et il se sentait curieusement déprimé, d'une façon particulière. Il contempla le jardin sous la pluie en se demandant ce qu'il allait pouvoir dire à Da Costa. La porte s'ouvrit derrière lui. Il se retourna lentement.

— Ah, Michael, que diable vais-je faire de vous ?

— Je regrette, monseigneur, mais cette situation n'est pas de mon fait.

— Elles ne le sont jamais, murmura le chanoine en retournant s'asseoir. Est-ce vrai, ce qu'ils supposent ? Est-ce que cette affaire a un rapport avec le confessionnal ?

— Oui, dit simplement le père Da Costa.

— Je le pensais bien. L'inspecteur a raison, bien sûr. Comme il le dit dans sa lettre, c'est la seule explication plausible, dit O'Halloran avec un profond soupir. Je pense qu'il a l'intention d'aller jusqu'au bout. Êtes-vous préparé à cela ?

— Naturellement, monseigneur.

— Alors autant en finir, déclara le chanoine et il appuya de nouveau sur son bouton. Faites entrer l'inspecteur principal et l'inspecteur Fitzgerald... Cette histoire ne manque pas d'un certain humour noir, vous l'admettrez.

— Vraiment, monseigneur ?

— Bien sûr, voyons. Vous avez été envoyé à Saint-Nom par mesure disciplinaire, n'est-ce pas ? Pour vous apprendre l'humilité et vous revoilà replongé jusqu'au cou dans le scandale ! Je vois d'ici l'expression de l'évêque !

La porte s'ouvrit et Miller et Fitzgerald reparurent. Miller salua de la tête le père Da Costa.

— Bonjour, mon père.

Mgr O'Halloran se remit debout, conscient que la situation l'exigeait, en quelque sorte.

— J'ai discuté de l'affaire avec le père Da Costa, monsieur l'inspecteur principal. Pour parler tout à fait franchement, il me semble que je ne puisse pas y faire grand-chose.

— Je vois... Monsieur le curé, je vous le demande encore, pour la dernière fois. Êtes-vous prêt à nous aider ?

— Je regrette, inspecteur, répondit Da Costa.

— Moi aussi, mon père, dit Miller d'une voix officielle et glaciale. J'ai discuté de la situation avec mon supérieur et voici ce que j'ai décidé. Un rapport sur toute cette affaire et sur le rôle que vous y jouez sera remis aujourd'hui au procureur général, pour qu'il prenne les mesures qu'il jugera bonnes.

— Et que pensez-vous que cela vous rapportera ? demanda Mgr O'Halloran.

— Je crois qu'il y a de fortes chances pour qu'il me donne un mandat d'arrêt contre le père Da Costa, pour complicité et recel de malfaiteur.

La figure du chanoine s'assombrit mais il secoua lentement la tête.

— Vous perdez votre temps, inspecteur. On n'acceptera pas. Jamais on n'accordera un tel mandat.

— Nous verrons, monseigneur.

Miller tourna les talons et sortit, suivi par Fitzgerald.

Mgr O'Halloran soupira profondément et se rassit.

— Et voilà. Maintenant, nous attendons.

— Je regrette, monseigneur.

— Je sais, Michael, je sais. Y a-t-il quelque chose que je puisse faire pour vous ? N'importe quoi ?

— Voulez-vous m'entendre en confession, monseigneur ?

— Naturellement.

Le père Da Costa contourna le bureau et s'agenouilla.

Quand Fallon entra dans l'église, Anna jouait de l'orgue. Ce n'était qu'un exercice, une répétition. Des cantiques, dans l'ensemble, rien de compliqué. Il s'assit au premier rang pour écouter et au bout de quelques minutes elle s'arrêta brusquement.

Il gravit les marches entre les stalles du chœur.

— La malédiction de la vie de l'organiste d'une église, dit-il. Les cantiques.

Elle pivota vers lui.

— Vous êtes en avance. Oncle Michael a dit à une heure.

— Je n'avais rien d'autre à faire.

— Vous voulez jouer ? proposa-t-elle en se levant.

— Pas pour le moment.

— Bon. Alors vous pouvez m'emmener faire une promenade. J'ai besoin de prendre l'air.

Le trench-coat d'Anna était à la sacristie. Il l'aida à

l'enfiler. Il pleuvait à verse quand ils sortirent, mais elle ne parut pas s'en soucier.

— Où voudriez-vous aller ? demanda-t-il.

— Ici, c'est très bien. J'aime les cimetières. Je les trouve très reposants.

Elle lui prit le bras et ils suivirent l'allée entre les vieux monuments victoriens et les pierres tombales. Le vent chassait les feuilles sur les tombes et elles avaient l'air de petits animaux vivants courant sur le chemin, devant eux.

Ils s'arrêtèrent près d'un vieux mausolée de marbre, le temps que Fallon allume une cigarette, et ce fut à cet instant précis que Billy Meehan et Varley apparurent au portail latéral. Apercevant immédiatement Fallon et la jeune fille, ils reculèrent vivement hors de vue.

— Tu vois, il est toujours là, murmura Varley. Dieu soit loué.

— Retourne à Paul's Square et attends Jack, ordonna Billy. Dis-lui où je suis. Je vais faire le guet ici.

Varley s'en alla et Billy se glissa dans le cimetière, en direction de Fallon et d'Anna, en se cachant derrière les monuments.

— Je voudrais vous remercier de ce que vous avez fait hier soir, dit Anna.

— Ce n'était rien.

— Un de ces hommes était un de vos vieux amis. O'Hara, c'est bien son nom ?

— Non, vous vous trompez, répliqua vivement Fallon.

— Je ne crois pas. Mon oncle est allé lui parler, après votre départ, dans le pub au coin de la rue. O'Hara lui a raconté beaucoup de choses sur vous. Belfast, Londonderry, l'IRA.

— Le salaud, gronda amèrement Fallon. Il a toujours eu une grande gueule, celui-là. Un de ces jours, quelqu'un va lui clouer le bec une fois pour toutes, s'il ne fait pas attention.

— Il ne pensait certainement pas à mal. Oncle Michael a eu l'impression qu'il avait beaucoup d'admiration pour vous... Il arrive parfois des choses, à la guerre, que personne n'a voulues.

Fallon l'interrompit sèchement.

— Je ne reviens jamais sur rien, en pensée ou en action. Ça ne sert à rien, marmonna-t-il et il leva la tête vers la pluie, alors qu'ils s'engageaient dans une autre allée. Dieu, ça ne s'arrêtera jamais ? Quel monde ! Même le foutu ciel ne cesse pas de pleurer !

— Vous jugez la vie avec beaucoup d'amertume, monsieur Fallon.

— Je dis ce que je pense et, pour moi, la vie est un foutu nom à donner au monde tel qu'il est.

— Et il n'y a rien alors ? Pas une seule chose qui soit digne d'intérêt dans votre monde à vous ?

— Seulement vous, murmura-t-il.

Ils étaient tout près du presbytère, maintenant, et Billy Meehan les observait à la jumelle, de derrière un mausolée.

Anna s'arrêta et se tourna vers Fallon.

— Qu'est-ce que vous dites ?

— Vous n'avez rien à faire ici, répliqua-t-il en embrassant d'un geste tout le cimetière. Cet endroit appartient aux morts et vous êtes encore en vie.

— Et vous ?

Un long silence tomba, puis il répondit calmement :

— Non, pour moi c'est différent. Je suis un mort qui marche. Il y a bien longtemps que je le suis.

Elle devait se souvenir de cette réponse comme d'une des choses les plus terribles qu'elle eût jamais entendues.

Elle leva vers lui ses grands yeux d'aveugle, fixés sur quelque point dans l'espace, et elle se haussa tout à coup sur la pointe des pieds pour lui prendre la tête et l'abaisser vers elle; elle l'embrassa farouchement, en ouvrant la bouche d'une manière volontairement provocante, puis elle s'écarta.

— Avez-vous ressenti cela? demanda-t-elle. Est-ce que j'ai réussi à percer quelque chose?

— Je le crois, dit-il non sans stupeur.

— Tant mieux. Je vous laisse, maintenant. Je veux me changer et ensuite, je dois préparer le déjeuner. Vous devriez aller jouer de l'orgue, en attendant mon oncle.

— D'accord.

Fallon n'avait fait que quelques pas quand elle le rappela. Il se retourna et la vit sur le perron, tenant la porte entrouverte.

— Ah, monsieur Fallon! Pensez à moi. Souvenez-vous de moi. Concentrez-vous sur cette pensée. J'existe. Je suis réelle.

Elle entra, ferma la porte et Fallon repartit en pressant le pas.

Quand il fut hors de vue, Billy sortit de l'abri du mausolée, ses jumelles à la main. *Fallon et la nièce du curé!* Ça, c'était intéressant.

Il allait s'éloigner quand un mouvement, à l'une des fenêtres du presbytère, attira son attention. Il recula dans sa cachette et porta les jumelles à ses yeux.

Anna, à la fenêtre, déboutonnait son chemisier. Il eut aussitôt la gorge sèche, l'impression qu'une main lui serrait les entrailles, et quand il la vit abaisser la fermeture de sa jupe et la faire glisser sur ses hanches, ses mains crispées sur les jumelles se mirent à trembler.

La garce, pensa-t-il, et elle est à Fallon. A Fallon! La

douleur, entre ses cuisses, était presque insoutenable. Alors il tourna les talons et s'enfuit.

Fallon jouait de l'orgue depuis plus d'une heure quand il s'interrompit pour reprendre haleine. Il y avait longtemps qu'il n'avait pas joué ainsi et ses mains lui faisaient mal, mais c'était bon de s'y remettre.

Il se retourna et découvrit le père Da Costa assis au premier rang, qui l'observait, les bras croisés.

— Depuis combien de temps êtes-vous là ?

Fallon descendit entre les stalles.

— Une demi-heure, peut-être plus, répondit le prêtre. Vous êtes brillant, vous le savez, n'est-ce pas ?

— Je l'ai été.

— Avant de prendre le fusil pour votre chère vieille mère l'Irlande et cette glorieuse cause ?

Fallon se figea. Quand il parla, sa voix ne fut qu'un souffle.

— Ça n'a aucun intérêt pour vous.

— C'est d'un intérêt pour tout le monde, répliqua le prêtre. Et pour moi en particulier, pour des raisons évidentes. Bon Dieu, mon garçon, comment avez-vous pu faire ce que vous avez fait avec une telle musique en vous ?

— Sir Philip Sidney avait la réputation d'être le plus parfait de tous les chevaliers de la cour d'Elizabeth Tudor, rétorqua Fallon. Il composait de la musique et écrivait des poèmes comme un ange. Dans ses moments plus fantasques, sir Walter Raleigh et lui rassemblaient des Irlandais en troupeau dans des lieux propices et les massacraient comme du bétail.

— D'accord. J'ai compris. Mais est-ce ainsi que vous vous voyez ? En soldat ?

— Mon père en était un, dit Fallon en s'asseyant à demi sur la balustrade d'autel. Il était sergent dans un régiment de parachutistes. Il a été tué à Arnhem, en se battant pour les Anglais. Vous ne trouvez pas ça ironique ?

— Et que vous est-il arrivé ?

— Mon grand-père m'a élevé. Il avait une petite ferme, dans les collines de Sperrins. Des moutons, surtout, quelques chevaux. J'ai eu une enfance assez heureuse, courant librement, pieds nus, jusqu'à l'âge de sept ans, quand le nouveau maître d'école, qui était aussi organiste à l'église, a découvert que j'étais doué. Toute ma vie a changé.

— Et vous êtes allé à Trinity College ?

Fallon fronça légèrement les sourcils.

— Qui vous a dit ça ?

— Votre ami O'Hara. En êtes-vous sorti diplômé ?

Il y eut soudain un pétillement d'humour réel dans les yeux de Fallon.

— Me croiriez-vous, mon père, si je vous racontais que le petit paysan a décroché un doctorat de musique, pas moins ?

— Pourquoi pas ? répliqua calmement Da Costa. La mère de Beethoven était cuisinière, mais là n'est pas la question. Le reste ? Comment cela a-t-il commencé ?

— Le temps et le hasard. Je suis allé passer un week-end chez un de mes cousins à Belfast, en août 1969. Il habitait le quartier de Falls Road. Vous vous rappelez peut-être ce qui s'est passé.

Le prêtre hocha gravement la tête.

— Vaguement.

— Une bande d'orangistes conduite par des B Spéciaux a envahi le quartier et a incendié toutes les maisons de catholiques. Ils ont été repoussés par une poignée d'hommes de l'IRA qui sont descendus dans la rue pour défendre le quartier.

— Et vous vous y êtes trouvé mêlé.

— Quelqu'un m'a mis un fusil dans les mains, disons, et j'ai fait une drôle de découverte. Tout ce que je visais, je le touchais.

— Vous étiez tout naturellement tireur d'élite.

— Exactement.

La figure de Fallon s'assombrit et, brusquement, il tira le Ceska de sa poche.

— Quand j'ai ceci dans la main, quand mon index est sur la détente, c'est bizarre. L'arme devient une extension, une extension de moi, personnellement. Est-ce que vous comprenez ?

— Oh oui. Et de la façon la plus horrible. Donc, vous avez continué à tuer.

— A me battre, rectifia Fallon, la figure fermée, en remettant le Ceska dans sa poche. En soldat de l'Armée républicaine irlandaise.

— Et c'est devenu plus facile ? A chaque fois, ça devenait plus facile ?

Fallon se redressa lentement. Ses yeux étaient très noirs. Il ne répondit pas.

— Je viens d'avoir une entrevue décisive avec l'inspecteur principal Miller, reprit Da Costa. Est-ce que cela vous intéresserait de connaître ses intentions ?

— Dites toujours.

— Il présente l'affaire au procureur général et lui demande un mandat d'arrêt, m'accusant de complicité de meurtre et de recel de malfaiteur.

— Jamais il ne l'obtiendra.

— Et s'il l'obtient ? Est-ce que cela vous occasionnerait un remords quelconque ?

— Probablement pas.

— Bravo, enfin de la franchise ! Tout espoir n'est pas perdu pour vous et votre cause, Fallon. L'unité irlandaise ou la liberté ou la haine du foutu Anglais ou quoi que ce soit. Est-ce qu'elle en valait la peine ? Les fusillades et les bombes ? Les morts, les infirmes ?

Fallon était devenu très pâle, ses yeux étaient d'un noir de jais, impénétrables.

— J'en ai savouré chaque instant doré, dit-il sans se troubler.

— Et les enfants ? insista le prêtre. Est-ce que la cause valait cela ?

— C'était un accident, dit Fallon d'une voix sans timbre.

— C'est toujours un accident, mais au moins il y avait un semblant de raison, même fausse. Mais Krasko, ce n'était qu'un simple meurtre, commis de sang-froid.

Fallon rit tout bas, retourna vers la balustrade, y posa le pied, s'appuya d'un coude sur son genou, le menton dans la main.

— D'accord, mon père, vous voulez des réponses. Je vais essayer de vous en donner. Il y a un poème d'Ezra Pound, que j'aimais beaucoup. « Certains prompts à s'armer, dit-il, ont plongé jusqu'aux yeux dans l'enfer, croyant aux mensonges des vieillards. » Eh bien, voilà quelle était ma cause, à la fin des fins. Des mensonges de vieillards. Et pour ça j'ai tué moi-même plus de trente personnes et contribué à la mort de Dieu sait combien d'autres.

— Bon, vous vous êtes trompé. Finalement, la violence dans ce genre de situation ne rapporte rien. J'aurais pu vous le dire avant que vous commenciez. Mais Krasko ! Ça, je ne le comprends pas.

— Écoutez, nous vivons dans des mondes différents. Les hommes comme Meehan... c'est des renégats. Moi aussi. Je suis engagé dans un combat qui n'a rien à voir avec vous et le reste des foutus civils. Nous habitons notre propre monde. Krasko était un proxénète, un trafiquant de drogue.

— Que vous avez assassiné froidement, insista inexorablement Da Costa.

— Je me suis battu pour ma cause, mon père. J'ai tué pour elle, même quand j'ai cessé de croire qu'elle valait une seule vie humaine. C'était de l'assassinat. Mais maintenant ? Maintenant, je ne tue que les porcs.

Le dégoût, la haine de soi-même perçaient dans les moindres mots de Fallon. Le père Da Costa dit avec une très réelle compassion :

— Le monde ne peut être innocent puisque l'homme y est.

— Et que peut bien vouloir dire cette perle de sagesse ?

— Je pourrais sans doute mieux l'expliquer en vous racontant une histoire. J'ai passé plusieurs années dans un camp de prisonniers, des Chinois communistes, après avoir été capturé en Corée. Ce qu'ils appelaient un centre spécial d'endoctrinement.

Fallon fut intéressé malgré lui.

— Du lavage de cerveau ?

— C'est ça. Selon leur point de vue, j'étais un objectif particulier, l'attitude de l'Église catholique à l'égard du communisme étant ce qu'elle est. Ils avaient une technique extraordinairement simple qui marche pourtant presque à tous les coups. L'idée est pavlovienne. Il s'agit de créer un complexe de culpabilité ou plutôt de magnifier la culpabilité existant en chacun de nous. Voulez-vous savoir quelle est la première question que mon instructeur m'a posée ? Il m'a demandé si j'avais un domestique, à la mission, pour faire mon lit et mon ménage. Je l'ai reconnu et il a exprimé sa surprise, il a apporté une bible et il m'a lu le passage où Notre Seigneur parle de servir les autres. Néanmoins, je permettais à l'un de ceux que je venais aider de me servir. C'est surprenant, la culpabilité que m'a fait éprouver ce petit détail.

— Et vous êtes tombé dans ce panneau ?

— Un homme tombe dans n'importe quel panneau quand il est à moitié affamé et enfermé au secret, seul. Et ils étaient habiles, ne vous méprenez pas. Pour employer la terminologie marxiste appropriée, tout homme a une thèse et une antithèse. Pour un prêtre, sa thèse est tout ce à quoi il croit. Tout ce que représentent sa vocation et lui.

— Et son antithèse ?

— Son côté obscur. Le côté qui est présent en nous tous. La peur, la haine, la violence, l'agressivité, les désirs de la chair. C'est sur ce côté-là qu'ils travaillent, en inoculant des sentiments de culpabilité à un degré tel qu'ils espèrent faire complètement craquer le sujet. C'est seulement après qu'ils commencent leur variété très particulière de rééducation.

— Qu'est-ce qu'ils ont tenté contre vous ?

— Avec moi, c'était la sexualité, dit le père Da Costa en souriant. Une voie qu'ils empruntent souvent quand ils ont affaire à des prêtres catholiques, la chasteté étant un état qu'ils trouvent totalement inconcevable.

— Qu'est-ce qu'ils ont fait ?

— Ils m'ont à moitié affamé, en me laissant seul dans

une cellule humide pendant trois mois, puis ils m'ont mis au lit entre deux jeunes femmes apparemment prêtes à tout donner pour la cause, comme vous. C'était puéril, au fond. Dans leur idée, je suppose, je devais être consumé de remords parce que j'avais une érection, alors que je la prenais pour une réaction chimique parfaitement compréhensible dans ces circonstances. Il me semblait que ce serait aussi le point de vue de Dieu.

— Donc, pas de péché. La neige immaculée. C'est ça ?

— Pas du tout. Je suis un homme très violent, monsieur Fallon. Il fut un temps où j'aimais tuer. Peut-être, s'ils avaient travaillé sur ce travers, seraient-ils arrivés à quelque chose. C'était pour échapper à cette facette de moi-même que j'étais entré dans l'Église. C'est encore ma plus grande faiblesse, mais au moins je reconnais son existence... Et vous ?

— Tout homme peut savoir des choses, répliqua Fallon. C'est connaître la signification des choses qui est important.

Il se tut et le prêtre lui dit :

— Continuez...

— Que voulez-vous que je fasse ? Que je boive la coupe jusqu'à la lie ? L'Évangile selon Fallon ? D'accord, si c'est ce que vous voulez.

Il monta en chaire et se dressa devant le lutrin.

— Je n'aurais jamais pensé que vous aviez une si belle vue. Que voulez-vous que je vous dise ?

— Ce que vous voudrez.

— Très bien. Nous sommes fondamentalement seuls. Rien ne dure. Rien n'a de but.

— Vous vous trompez. Vous oubliez Dieu.

— Dieu ? cria Fallon. Quelle espèce de Dieu autorise un monde où des enfants peuvent chanter joyeusement et à la minute suivante... (et là sa voix se brisa quelque peu), et à la minute suivante être réduits en bouillie sanglante ? Pouvez-vous me dire honnêtement que vous croyez encore en un Dieu, après ce qu'on vous a fait en Corée ? Voulez-vous me dire que vous n'avez jamais douté, jamais ?

— La force vient toujours de l'adversité, lui dit le prêtre. Une fois, je suis resté pendant six mois accroupi dans ma propre ordure, au bout d'une chaîne. Il y a eu un jour, un moment, où j'aurais pu faire n'importe quoi. Et puis la pierre a roulé d'un côté et j'ai senti le tombeau, je l'ai vu sortir sur ses deux pieds et j'ai su, Fallon ! J'ai su !

— Ma foi, tout ce que je peux dire c'est que s'il existe, votre Dieu, j'aimerais bien que vous lui fassiez prendre une décision. Il est fort sur le comment et le quand. Pas si épatant sur le pourquoi.

— Vous n'avez donc rien appris, alors !

— Oh si ! J'ai appris à tuer avec le sourire, mon père, ce qui est très important. Mais la plus grande leçon de toutes, je l'ai apprise trop tard.

— Et quelle est-elle donc ?

— Qu'il n'y a rien qui vaille la peine de mourir.

L'église fut soudain étrangement silencieuse, avec seul le ruissellement infini de la pluie sur les vitraux. Fallon descendit de la chaire en bouclant la ceinture de son trench-coat. Il s'arrêta un instant près du père Da Costa.

— Et le vrai drame, mon père, c'est que rien ne vaut la peine de vivre.

Il partit dans la nef où ses pas se répercutèrent. La porte claqua, les flammes des cierges vacillèrent. Da Costa alla s'agenouiller à la balustrade d'autel, joignit les mains et pria comme il avait rarement prié.

Au bout d'un moment, une porte s'ouvrit et une voix claire appela :

— Oncle Michael ? Vous êtes là ?

Il se retourna et vit Anna à la porte de la sacristie.

— Ici, répondit-il.

Elle marcha vers lui et il alla à sa rencontre, pour prendre ses deux mains tendues. Il la conduisit vers le banc du premier rang et ils s'assirent tous deux. Comme toujours, elle sentit la mélancolie du prêtre.

— Qu'est-ce qu'il y a ? demanda-t-elle avec inquiétude. Où est M. Fallon ?

— Parti. Nous avons eu une longue conversation. Je crois que je le comprends mieux, maintenant.

— Il est mort, à l'intérieur. Tout est gelé.

— Et torturé par la haine de lui-même. Il se déteste, alors il déteste tout de la vie. Il ne lui reste plus de sentiments. Je crois même qu'il recherche la mort. Il est possible que ce soit pour cela qu'il continue de mener cette vie.

— Je ne comprends pas, dit-elle.

— Il a mis toute sa vie dans la balance ; il s'est donné à une cause et il la croyait honorable, il lui a tout donné. C'est dangereux, parce que si jamais quelque chose tourne mal, si on découvre finalement que la cause ne vaut pas un clou tordu, on se retrouve sans rien du tout.

— Il m'a dit qu'il était un mort qui marchait.

— Je crois que c'est ainsi qu'il se considère.

Elle mit une main sur le bras de son oncle.

— Mais que pouvez-vous faire ? Qu'est-ce qu'on peut faire ?

— L'aider à se trouver. Sauver son âme, peut-être.

Franchement, je ne sais pas. Mais je dois faire quelque chose, je le dois !

Il se leva, retourna s'agenouiller à l'autel et se remit à prier.

12

Encore du travail pour les pompes funèbres

Fallon prenait le thé à la cuisine avec Jenny quand on sonna. Elle alla ouvrir. Quand elle revint, Jack Meehan et Billy la suivaient.

— Ça va comme ça, trésor, de l'air, lui dit Meehan. Tire-toi. Il s'agit d'affaires.

Elle jeta à Fallon un coup d'œil inquiet, hésita et finit par sortir.

— Elle en pince pour toi, ça se voit, dit Meehan.

Il s'assit sur le coin de la table et se servit une tasse de thé. Billy s'adossa contre le mur à côté de la porte, les mains dans les poches, observant Fallon d'un air maussade.

— C'est une gentille gosse, dit Fallon, mais vous ne venez pas ici pour parler de Jenny.

Meehan soupira.

— Tu as encore été un méchant garçon, Fallon. Je t'ai dit en te quittant ce matin de revenir ici et de rester planqué et qu'est-ce que tu fais, à la première occasion ? Tu sèmes encore ce pauvre Varley et ce n'est pas gentil parce qu'il sait comme ça me fâche et il a le cœur faible.

— Au fait.

— Très bien. Tu es encore allé voir ce bon Dieu de curé.

— Des clous ! intervint Billy, de la porte. Il était avec la souris Da Costa dans le cimetière.

— La petite aveugle ?

— Ouais. Et même qu'elle l'a embrassé !

Meehan secoua tristement la tête.

— Faire marcher la pauvre fille comme ça, et toi qui t'en vas du pays après-demain !

— C'est une vraie pute ! renchérit méchamment Billy. Se déshabiller à la fenêtre ! N'importe qui aurait pu la voir à poil !

— Guère probable, dit Fallon. Pas avec un mur de six mètres tout autour du cimetière. Je croyais t'avoir dit de ne plus aller là-bas.

— Qu'est-ce que t'as ? ricana Billy. T'as peur que je te fasse louper ton coup ? Tu veux la garder pour toi ?

Fallon se leva lentement avec une expression qui aurait effrayé le diable en personne.

— Approche-toi encore de cette jeune fille, fais-lui du mal de quelque façon que ce soit et je te tuerai, dit-il avec simplicité, d'une voix très basse.

Jack Meehan se retourna et gifla son frère à toute volée d'un revers de main.

— Espèce de sale petit cochon obsédé ! La fesse, tu ne penses qu'à ça ! Comme si je n'avais pas assez de soucis. Fous-moi le camp d'ici !

Billy ouvrit la porte et tourna vers Fallon une figure blême de colère, aux yeux fulgurants.

— Tu perds rien pour attendre, ordure ! Je t'aurai, tu verras ! Toi et ta salope de luxe !

— Je te dis de foutre le camp ! tonna Meehan et Billy battit en retraite en claquant la porte.

Meehan se tourna vers Fallon et assura :

— Je veillerai à ce qu'il marche droit. T'en fais pas.

Fallon mit une cigarette à sa bouche et l'alluma avec une allumette de cuisine.

— Et vous ? demanda-t-il. Qui vous fait marcher droit ?

Meehan éclata d'un rire joyeux.

— Rien ne te démonte jamais, hein ? Par exemple, quand Miller est entré dans l'église hier et t'a vu causer avec le curé, je me suis inquiété, moi je te le dis. Mais tu t'es mis à cet orgue... Et c'était vraiment très beau.

Fallon avait la mine sombre.

— Vous étiez là ?

— Oh oui, j'étais là, oh oui ! Mais il y a une chose que je ne comprends pas.

— Qu'est-ce que ça peut bien être ?

— Tu aurais pu me coller une balle dans la tête, hier soir, au lieu de casser cette glace. Pourquoi est-ce que tu ne l'as pas fait ? Si Da Costa est si important pour toi et si tu crois que je suis une menace pour lui, j'aurais trouvé ça logique.

— Et qu'est-ce qui serait arrivé à mon passeport et à mon passage à bord de ce bateau de Hull, dimanche soir ?

Meehan pouffa.

— Tu n'en rates pas une, hein ? Nous nous ressemblons, Fallon, nous nous ressemblons beaucoup, toi et moi.

— J'aimerais mieux être le diable lui-même, répliqua Fallon avec conviction.

— Le vaillant rebelle, l'arme au poing, nous sommes ? gronda Meehan avec colère, à présent. Arrête tes conneries, Fallon. Tu as aimé ça, tu as aimé cavaler avec ton trench-coat, un flingue dans la poche comme dans un vieux film. Tu aimais tuer. Tu veux que je te dise comment je le sais ? Parce que tu tires trop foutrement bien pour ne pas avoir aimé ce que tu faisais !

Fallon, blême, le regarda fixement et tout à coup, par

une mystérieuse alchimie, le Ceska se retrouva dans sa main. Meehan rit durement.

— Tu as besoin de moi, Fallon, souviens-toi. Sans moi, pas de passeport et pas d'appareillage à Hull dimanche, alors range ça comme un bon garçon.

Il alla ouvrir la porte. Fallon déplaça imperceptiblement son arme, pour le suivre, et Meehan se retourna vers lui.

— C'est bon. Voyons un peu comment tu presses cette détente.

Fallon tenait l'arme fermement. Meehan attendit, les mains dans les poches de son pardessus. Au bout d'un moment, il pivota lentement, sortit et referma la porte derrière lui.

Pendant quelques instants encore, Fallon tint le Ceska devant lui, en regardant dans le vague, puis il l'abaissa enfin, très lentement, en posant sa main sur la table, l'index encore sur la détente.

Il était toujours assis là quand Jenny revint.

— Ils sont partis, annonça-t-elle.

Fallon ne répondit pas et elle baissa les yeux sur l'arme, l'air dégoûté.

— Pourquoi est-ce que vous avez eu besoin de ce truc-là ? Qu'est-ce qui s'est passé ?

— Pas grand-chose... Il a présenté un miroir, c'est tout, mais je n'y ai rien vu de nouveau, murmura-t-il en repoussant sa chaise pour se lever. Je vais dormir une heure ou deux.

Il était à la porte quand elle demanda en hésitant :

— Vous voulez que je monte ?

Il eut l'air de ne pas entendre et sortit sans un mot, perdu dans quelque monde personnel obscur. Elle s'assit à la table et enfouit sa figure dans ses mains.

Quand Fitzgerald entra dans le bureau de Miller, son supérieur était à la fenêtre, parcourant le double d'une lettre. Il la présenta au jeune inspecteur.

— Voici ce que nous avons envoyé au procureur général.

Fitzgerald la lut rapidement.

— Il me semble que ça résume assez bien la situation, chef, dit-il en rendant la lettre. Quand pouvons-nous espérer une décision ?

— Voilà le *hic*. Il leur faudra probablement deux ou trois jours. J'ai déjà parlé au téléphone à celui qui s'en occupe.

— Et qu'est-ce qu'il en pense ?

— Si vous tenez vraiment à le savoir, il ne m'a guère laissé d'espoir, gronda Miller dont le découragement était visible. Tout ce qui touche à la religion, vous savez comment sont les gens. Les Anglais.

— Je comprends, chef.

Miller remarqua alors que l'inspecteur avait un feuillet à la main.

— Qu'est-ce que c'est que ça ?

Fitzgerald s'arma de courage.

— De mauvaises nouvelles, hélas. Du CRO à propos du Ceska.

Miller s'assit, avec lassitude.

— D'accord, racontez-moi le pire.

— D'après l'ordinateur, la dernière fois que ce Ceska a été utilisé pour tuer quelqu'un dans ce pays, c'était en juin 1952, chef. Un ancien combattant polonais a tué sa femme et son amant. Il a été pendu trois mois plus tard.

— Superbe ! dit amèrement Miller. Il ne me manquait plus que ça.

— Naturellement, ils font le tour des armuriers de la région de Londres, pour nous. Ça prendra du temps mais cette enquête finira bien par donner quelque chose.

— Je sais, je sais. Il arrive aussi que les cochons volent... Vous voulez savoir ce que cette affaire a d'unique ?

— Quoi donc, chef?

— Je m'en vais vous le dire. Il n'y a rien à résoudre. Nous savons déjà qui est responsable du meurtre : Jack Meehan. Et si ce bon Dieu de curé voulait bien ouvrir la bouche, j'aurais la tête de ce salaud sur un plateau.

Miller enfila rageusement son imperméable et sortit en claquant la porte si fort que le panneau vitré se fêla.

Fallon avait simplement ôté ses souliers et sa veste et s'était allongé sur le dessus-de-lit. Quand il se réveilla, il faisait nuit. Il avait été recouvert d'un édredon ce qui signifiait que Jenny avait dû entrer. Il était un peu plus de huit heures. Il se hâta de se rechausser, ramassa sa veste et descendit.

Jenny repassait à la cuisine. Elle leva les yeux.

— J'ai jeté un coup d'œil, il y a trois heures environ, mais vous dormiez.

— Vous auriez dû me réveiller, dit-il, et il alla décrocher son imperméable derrière la porte.

— Jack Meehan a dit que vous ne deviez pas sortir.

— Je sais.

Il transféra le Ceska de sa veste à la poche de son trench-coat et serra la ceinture.

— C'est cette fille, n'est-ce pas ? dit Jenny. Vous vous faites du souci pour elle.

Il eut l'air un peu fâché et elle posa son fer.

— J'écoutais à la porte. J'ai presque tout entendu. Comment est-elle ?

— Elle est aveugle, dit Fallon. Ce qui veut dire qu'elle est sans défense.

— Et vous craignez Billy ? Vous pensez qu'il pourrait essayer de se venger de vous, de ce qui est arrivé hier soir, en s'en prenant à elle ?

— Quelque chose comme ça.

— Je vous comprends, allez, dit-elle en commençant à repasser un joli corsage blanc. Je vais vous parler un peu de lui, que vous sachiez mieux ce que vous affrontez. A douze ans, la plupart des garçons se contentent de se donner du plaisir avec leur main, mais pas notre Billy. A cet âge, il se tapait déjà des femmes, des prostituées pour la plupart, qui travaillaient pour Jack, et comme Billy est le petit frère de Jack, elles n'osaient pas dire non... Et il n'a fait que progresser. A quinze ans, il était déjà un sale petit sadique et après ça, ç'a été la dégringolade, jusqu'au bout. Alors, à votre place, je m'inquiéterais sincèrement si Billy est dans le coup.

— Merci, dit-il. Ne veillez pas pour moi

La porte claqua. Il était parti. Elle resta un moment, le fer posé, les yeux tristes perdus dans le vague, puis elle se remit à son repassage.

Anna Da Costa allait entrer dans son bain quand elle entendit le téléphone. Elle enfila un peignoir de bain et descendit, arrivant dans le vestibule alors que son oncle raccrochait.

— Qu'est-ce que c'est ? demanda-t-elle.

— Le dispensaire. La vieille dame italienne que je

suis allé voir l'autre jour. Elle vient d'avoir une rechute. On pense qu'elle ne passera pas la nuit. Je dois y aller.

Elle décrocha le manteau du prêtre et le lui présenta. Il ouvrit la porte et ils sortirent tous deux sur le perron. Il tombait une pluie diluvienne.

— J'irai à pied. Ça ne vaut pas la peine de prendre la voiture, dit-il. Tu ne craindras rien, toute seule ?

— Ne vous faites pas de souci pour moi. Pour combien de temps en aurez-vous ?

— Dieu seul le sait ! Probablement des heures. Ne m'attends pas.

Il s'élança sous la pluie et suivit rapidement l'allée qui passait devant un magnifique mausolée de la Belle Époque, la gloire du cimetière, avec sa double porte de bronze et son portique en marbre. Billy Meehan recula vivement dans l'ombre de la colonnade mais dès que le prêtre eut disparu, il ressortit.

Il avait entendu la brève conversation à la porte et son ventre frémissait de chaude excitation. Il avait déjà eu des rapports avec deux prostituées, ce soir-là, mais cela n'avait servi à rien. Il lui semblait qu'il n'était plus capable d'éprouver du plaisir. Il avait eu l'intention de rentrer chez lui mais il s'était rappelé Anna... Anna à sa fenêtre, qui se déshabillait.

Il n'y avait que dix minutes qu'il guettait dans l'ombre de ce mausolée, mais il était déjà gelé, trempé par la pluie que le vent chassait. Il pensa à Fallon, à l'humiliation de la veille, et sa figure se convulsa.

— Le salaud, marmonna-t-il. Le sale petit fumier d'Irlandais. Je vais lui faire voir.

Tirant de sa poche une demi-bouteille de scotch, il but au goulot une longue rasade.

Le père Da Costa entra en coup de vent dans l'église. Il prit une hostie dans le ciboire et la plaça dans une pyxide d'argent qu'il accrocha à son cou. Il emporta aussi les saintes huiles pour donner l'extrême-onction à la mourante, et sortit en toute hâte.

Le sanctuaire était paisible et silencieux avec ses statues aux formes imprécises à la lueur vacillante des cierges et le crépitement de la pluie sur les vitraux. Cinq minutes environ après le départ du père Da Costa, la porte grinça lugubrement et Fallon entra.

Il regarda de tous côtés pour s'assurer que tout était désert puis il se dirigea précipitamment vers le monte-charge, y entra et appuya sur le bouton de montée. Il n'alla pas jusqu'au sommet du clocher mais arrêta la cage au-delà de la bâche recouvrant l'ouverture dans le plafond de la nef.

Le toit n'était que très légèrement en pente et il marcha sur les plaques de plomb jusqu'au petit parapet, à l'abri dans l'angle d'un arc-boutant de la tour.

De là, il avait une excellente vue du presbytère ; deux grands lampadaires de béton, dans la rue sur la gauche, dépassaient du mur d'enceinte et éclairaient la façade.

Il y avait de la lumière à une fenêtre des chambres, ce qui lui donnait une vue plongeante dans la pièce. Une armoire, un tableau au mur, le bout d'un lit, et puis Anna apparut tout à coup, enveloppée dans une grande serviette blanche.

Selon toutes les apparences, elle sortait du bain. Elle ne prit pas la peine de fermer les rideaux, se croyant probablement abritée de la rue par le mur de six mètres et peut-être aussi en raison de sa cécité.

Sous les yeux de Fallon, elle s'essuya et se frictionna. Assez curieusement, rares sont les femmes qui se présentent sous leur meilleur aspect dans leur nudité totale, pensa-t-il, pourtant elle n'était pas loin de la perfection. Les cheveux noirs arrivaient presque aux seins pointus et la taille était très fine au-dessus de hanches au galbe peut-être un peu trop prononcé pour certains goûts.

Elle enfila une paire de bas-jarretières, un soutien-gorge et un slip noirs et une robe de soie verte à jupe plissée puis elle commença à se brosser les cheveux, sans doute le geste le plus féminin qui soit. Fallon était étrangement triste, il n'éprouvait pas le moindre désir, certainement pas d'ordre physique. Seule l'habitait la terrible pensée qu'il contemplait une chose qui ne serait jamais à lui sur cette terre et qu'il ne pouvait s'en prendre qu'à lui-même. Elle attacha ses cheveux sur la nuque avec un ruban noir et quitta son champ de vision. Une seconde plus tard, la lumière s'éteignit.

Fallon frissonna alors qu'une rafale de vent lui jetait de la pluie à la figure et il releva son col. Tout était parfaitement paisible ; seul un coup d'avertisseur dans le lointain rompait parfois le silence. Soudain, il entendit, très nettement, le crissement d'un pas sur l'allée de gravier.

Alors qu'il se penchait, une silhouette émergea de l'ombre dans la lumière des lampadaires et ses longs cheveux blancs l'identifièrent immédiatement. Billy Meehan ! Fallon se pencha et vit le garçon monter sur le perron et essayer de tourner le bouton de la porte. Elle s'ouvrit aussitôt et il entra.

Fallon se précipita vers le monte-charge, sauta dans la cage, claqua la grille et, le cœur battant à se rompre, il appuya sur le bouton.

La vue d'Anna à la fenêtre avait mis Billy Meehan dans un tel état d'excitation qu'il ne se maîtrisait plus. La douleur, entre ses cuisses, était insoutenable et la demi-bouteille de whisky qu'il avait bue détruisait totalement ce qui pouvait lui rester de contrôle sur lui-même.

Quand la porte du presbytère s'ouvrit sous sa main, il faillit étouffer de plaisir anticipé. Il entra sur la pointe des pieds, referma sans bruit et poussa le verrou.

Il entendait fredonner dans une pièce au fond du couloir. Il s'en approcha discrètement et regarda par la porte entrebâillée.

Anna était assise dans le coin d'un canapé capitonné, un guéridon à côté d'elle avec une grande boîte à ouvrage ouverte dessus. Elle cousait un bouton à une chemise et, alors qu'il la guettait, elle tendit la main dans la boîte à ouvrage, tâtonna un peu et prit des ciseaux pour couper le fil.

Billy ôta son pardessus, le laissa tomber sur le plancher et s'approcha d'elle en tremblant de désir. Elle perçut d'abord la chute du manteau, puis un léger bruissement et tourna la tête, les sourcils légèrement froncés.

— Qui est là ? demanda-t-elle d'une voix craintive. Il y a quelqu'un ?

Il s'immobilisa et elle se leva. Il avança de nouveau, à pas de loup, et quand elle se tourna à demi, serrant sa chemise contre elle, l'aiguille dans l'autre main, il passa derrière elle.

— Qui est là ? répéta-t-elle.

Il lui glissa une main sous la jupe, la leva entre les cuisses et pouffa.

— C'est chouette, hein ? Tu aimes ça ? La plupart des filles adorent quand je leur fais ça.

Elle poussa un cri d'horreur, se dégagea, pivota pour lui faire face et il allongea le bras pour plonger une main dans le décolleté de la robe et pincer un sein.

Anna hurla. Sa figure était un masque d'horreur.

— Non ! S'il vous plaît ! Au nom de Dieu ! Qui est là ?

— Fallon ! dit-il. C'est moi, Fallon.

— Menteur ! glapit-elle. Menteur.

Elle frappa au hasard et sa main le gifla violemment. Il riposta par un aller-retour encore plus violent.

— Je m'en vais te donner une leçon, salope ! Je m'en vais te faire ramper !

Il la jeta sur le canapé, lui arracha son slip, lui écarta les cuisses avec brutalité, écrasa sa bouche sur ses lèvres. Dans ce tourbillon d'horreur, cette nausée innommable, elle comprit qu'il ouvrait son pantalon et sentit la dureté virile contre elle.

Elle poussa un cri strident, il la gifla encore, repoussa sa tête en arrière par-dessus le bord du canapé et elle se débattit, cherchant à prendre appui sur le guéridon. Sa main se referma sur les ciseaux. Elle avait presque perdu connaissance, si bien que lorsque les ténèbres l'enveloppèrent, elle ne s'aperçut pas que son bras se détendait convulsivement, que sa main plongeait les ciseaux sous les côtes de son agresseur avec toute la force dont elle était capable, perçant le cœur et le tuant instantanément.

Trouvant la porte verrouillée, Fallon ne put pénétrer qu'en brisant un carreau de la cuisine. En faisant irruption dans le salon, il trouva Billy Meehan vautré sur la jeune fille inconsciente et se rua sur lui. Ce fut seulement lorsqu'il le tira qu'il remarqua les branches des ciseaux sortant d'entre les côtes.

Il souleva Anna dans ses bras et la porta au premier. La première chambre qu'il trouva était manifestement celle du curé mais la seconde était la bonne. Il l'allongea sur le lit et la recouvrit de l'édredon.

Il s'assit en lui tenant la main. Au bout d'un moment, elle battit des paupières. Elle sursauta violemment et voulut lui arracher sa main.

Fallon tenta de la rassurer.

— Là, là, c'est moi. Martin Fallon. Vous ne risquez plus rien. Vous n'avez rien à craindre.

Elle poussa un long soupir frémissant.

— Dieu soit loué ! Dieu soit loué ! Que s'est-il passé ?

— Vous ne vous souvenez pas ?

— Seulement de cet homme affreux. Il a dit qu'il était vous et puis il a essayé de... de... ah, mon Dieu, ses mains ! C'était horrible ! Horrible ! Je me suis évanouie, je crois.

— C'est ça, dit calmement Fallon. Alors je suis arrivé et il s'est enfui.

Elle tourna la tête vers lui, ses yeux aveugles regardant d'un côté.

— Vous avez vu qui c'était ?

— Hélas non.

— Est-ce que... Croyez-vous que ce soit... que c'était inspiré par Meehan ?

— Probablement.

Elle ferma les yeux et quand Fallon voulut lui reprendre une main elle la retira d'un mouvement convulsif. Comme si, pour le moment, elle ne pouvait supporter d'être touchée par un homme, quel qu'il soit. Il s'arma de courage avant de poser la question suivante :

— Est-ce qu'il a fait de vous ce qu'il voulait ?

— Non, je ne crois pas.

— Voulez-vous que je fasse venir un médecin ?

— Oh non, par pitié ! Non, pas cela. La simple pensée que quelqu'un puisse savoir me remplit d'horreur.

— Et votre oncle ?

— Il est au chevet d'une mourante, au dispensaire. Il en aura peut-être pour des heures.

Fallon se leva.

— Bien. Restez ici et reposez-vous. Je vais vous apporter un peu de cognac.

Elle referma les yeux. Ses paupières étaient pâles, translucides. Elle paraissait très vulnérable et il descendit, en proie à une colère glaciale mais contenue.

Il se baissa sur un genou à côté de Billy Meehan, prit son mouchoir, en entoura la poignée des ciseaux et les arracha. Il y avait très peu de sang ; le plus gros de l'hémorragie devait être interne.

Il nettoya les ciseaux puis alla prendre le pardessus du garçon. Des clefs de voiture en tombèrent. Il les ramassa machinalement et étendit le manteau sur le cadavre.

En le contemplant il éprouva un dégoût mêlé de haine. Le monde était bien débarrassé de Billy Meehan. Sa fin avait été bien méritée mais Anna Da Costa pourrait-elle vivre en sachant qu'elle l'avait tué ? Et même si le verdict de la Cour était ce qu'il devait être, même si elle était acquittée, le monde entier serait au courant. A la pensée de la honte, de l'humiliation de cette douce jeune fille, la colère de Fallon fut telle qu'il donna un coup de pied dans le flanc du cadavre.

Au même moment, une idée lui vint, si incroyable qu'elle faillit lui couper le souffle. Et si elle n'avait pas à savoir, maintenant ni jamais ? Et si Billy Meehan disparaissait aussi complètement de la surface de la terre que s'il n'avait jamais existé ? Il y avait un moyen. C'était possible. Quoi qu'il en soit, il lui devait d'essayer.

Les clefs tombées de la poche du pardessus indiquaient que la voiture de Billy se trouvait à proximité et si c'était la Scimitar rouge elle serait assez facile à trouver. Fallon sortit du presbytère puis du cimetière par le portail latéral.

La Scimitar était garée le long du trottoir, à quelques mètres. Il ouvrit le hayon et quand il le souleva, Tommy, le petit whippet gris, aboya et lui lécha la main. La présence du chien était regrettable mais on n'y pouvait rien. Fallon referma le hayon et retourna précipitamment au presbytère.

Il écarta le pardessus et fouilla systématiquement dans toutes les poches du mort, en les vidant de tout ce qu'elles contenaient. Il retira un médaillon d'or sur une chaîne autour du cou, une chevalière et une montre-bracelet et les mit dans sa poche, puis il enveloppa le corps dans le manteau, le hissa sur son épaule et repartit.

Il s'arrêta un instant à la grille pour s'assurer que la voie était libre, mais la rue était silencieuse et déserte. Il traversa rapidement vers la Scimitar, souleva le hayon d'une main et jeta le corps dans le break. Le whippet se mit à gémir et il referma aussitôt le hayon avant de retourner au presbytère.

Il lava consciencieusement les ciseaux à l'eau chaude et alla les replacer dans la boîte à ouvrage, au salon.

Puis il versa un peu de cognac dans un verre et le porta en haut.

Elle était déjà endormie mais elle se redressa pour boire l'alcool.

— Et votre oncle? demanda Fallon. Vous voulez qu'il sache ce qui s'est passé?

— Oui... oui, je crois. Il est bon qu'il le sache.

— Très bien, dit-il en bordant l'édredon autour d'elle. Dormez, maintenant. Je serai en bas. Vous n'avez rien à craindre. J'attendrai le retour de votre oncle.

— Il risque d'en avoir pour des heures, murmura-t-elle, à moitié rendormie.

— Ça ne fait rien.

Il alla à la porte et elle chuchota :

— Je suis navrée de causer tant d'ennuis.

— C'est moi qui vous les ai causés. Sans moi, rien de tout cela ne serait arrivé.

— Il ne sert à rien de parler ainsi. Il y a une raison à tout, sous le ciel, une raison même à ma cécité. Nous ne pouvons pas toujours la voir parce que nous sommes de si petites gens, mais elle est là.

Il fut curieusement réconforté par ces mots — Dieu sait pourquoi — et il dit tout bas :

— Dormez, maintenant.

Et il sortit en fermant la porte.

Le temps, maintenant, était le facteur critique, alors il sortit sans bruit de la maison et traversa rapidement le cimetière, pour rejoindre la Scimitar.

Assez curieusement, le whippet ne lui occasionna pas d'ennuis pendant le trajet. Il resta couché à l'arrière à côté du cadavre, en gémissant un peu de temps en temps, mais quand Fallon lui posa une main dessus il constata qu'il tremblait.

Il arriva au crématoire de Pine Trees par la petite route de derrière que Varley avait empruntée dans la matinée, descendit de voiture pour ouvrir la grille à cinq barreaux. Il suivit la même allée étroite entre les cyprès et coupa le contact pour descendre en roue libre les dernières centaines de mètres en pente douce. C'était sans grande importance car s'il avait bonne mémoire le pavillon du gardien-chef et l'entrée principale étaient à près de cinq cents mètres du crématoire proprement dit, donc le bruit ne posait pas de problème.

Il laissa la Scimitar sur le côté de la chapelle et y pénétra par le carreau cassé des toilettes, qu'il avait remarqué lors de sa visite du matin, en passant le bras pour ouvrir la fenêtre.

La porte de la chapelle avait une serrure Yale, ce qui fit qu'elle s'ouvrit aisément de l'intérieur. Il retourna à la voiture. Dans la boîte à gants, il trouva une torche électrique qu'il empocha, puis il ouvrit le hayon et souleva le corps sur son épaule. Le whippet voulut le suivre mais il réussit à le repousser de sa main libre et rabattit le hayon.

Il accéda à la salle des fournaises en faisant glisser le cadavre sur les rouleaux de la courroie de transmission et en rampant lui-même par le même chemin, suivant la voie qu'avait prise le cercueil dans la matinée.

Les fournaises étaient sombres et froides. Il ouvrit la porte de la première et y enfourna le corps. Ensuite, il retira de sa poche les divers articles qu'il avait pris dans celles de Billy Meehan et les examina à la lumière de la torche. La bague, la montre et la médaille furent gardées. Il referma enfin la porte du four et abaissa la manette.

Il entendit le ronflement étouffé des jets de gaz, à l'intérieur, et regarda par la vitre en se rappelant ce qu'avait dit Meehan. Une heure au plus. Il alluma une cigarette, ouvrit la porte de derrière et sortit.

Le bruit du four s'entendait à peine, de l'extérieur. Et plus du tout quand il eut fait quelques mètres. Il retourna à l'intérieur pour voir ce qui se passait. Le thermomètre approchait des mille degrés et au moment où il se pencha pour regarder par le panneau d'observation dans la petite porte, le portefeuille qu'il avait laissé sur le torse du mort s'embrasa. Les vêtements brûlaient déjà et il y eut un brusque éclair éblouissant quand tout le corps s'enflamma.

Il alluma une autre cigarette et attendit près de la porte de derrière.

A la fin de la période indiquée, il éteignit tout. Une partie du crâne, le bassin et quelques membres étaient encore bien visibles mais la plus grande partie s'émietta en petits morceaux au premier coup de râteau.

Il remplit la boîte en fer-blanc, trouva une brosse et une pelle, balaya soigneusement toutes les traces de cendre qu'il put trouver et ferma la porte de la fournaise, la laissant exactement telle qu'elle était avant son arrivée. Toute la chaleur se dissiperait certainement avant le matin.

Il découvrit une urne vide, la vissa sous le pulvérisateur et y vida le contenu de la boîte en fer. Il rabattit le couvercle et mit l'appareil en marche. En attendant, il alla ouvrir le tiroir du bureau et y prit une carte Repose-en-paix.

Quand il arrêta tout, deux minutes plus tard, et dévissa l'urne, il ne restait de Billy Meehan qu'environ cinq livres de cendres grises.

Fallon se rendit alors à l'endroit où Meehan l'avait

conduit dans la matinée ; il y trouva la brouette du jardinier et divers outils indiquant le carré où l'homme avait interrompu son travail, sa journée finie.

Il vérifia le numéro de la plaque et dispersa soigneusement les cendres. Puis il prit un balai de brindilles dans la brouette et les fit bien pénétrer. Cela fait, il replaça le balai exactement comme il l'avait trouvé et s'en alla.

Ce fut en arrivant à la Scimitar qu'il connut son premier contretemps car dès qu'il ouvrit la portière pour se mettre au volant le whippet lui glissa entre les jambes et s'échappa.

Fallon lui courut après. Le chien contourna la chapelle et suivit le même sentier que lui. Lorsqu'il arriva à l'endroit où il avait dispersé les cendres, Tommy était couché dans l'herbe mouillée et gémissait tout doucement.

Fallon le ramassa, lui gratta les oreilles, le caressa en lui parlant tout bas, tout le long du chemin. Cette fois, quand il se glissa au volant, il continua de le tenir jusqu'à ce que la portière soit fermée. Il le mit alors sur le siège arrière et démarra rapidement.

Ce fut seulement après avoir refermé la grille aux cinq barreaux et s'être engagé sur la route qu'il laissa sa tension se relâcher un peu. Il poussa un long soupir et s'aperçut, en allumant une cigarette, que ses mains tremblaient.

Tout s'était bien passé et il en éprouvait une certaine joie. Pendant un moment, Billy Meehan avait donné l'impression qu'il serait tout aussi malfaisant dans la mort que dans la vie, mais plus maintenant. Il avait cessé d'exister, il était totalement effacé de la surface de la terre et Fallon ne ressentait pas le moindre remords.

Pour lui, Billy Meehan n'avait été qu'une larve

odieuse, indigne d'essuyer la poussière des souliers d'Anna Da Costa. Fini.

Arrivé à Paul's Square, il s'engagea dans l'allée des anciennes écuries, avec prudence, mais la chance restait avec lui. La cour était déserte. Il conduisit la Scimitar dans le garage, laissa les clefs au tableau de bord et le whippet à l'intérieur et partit à pied en pressant le pas.

Quand il retourna au presbytère, le père Da Costa n'était pas encore rentré. Il monta sans bruit au premier et jeta un coup d'œil dans la chambre d'Anna. Elle dormait profondément, alors il ferma sa porte et redescendit.

Dans le salon, il examina soigneusement le tapis mais il n'y avait aucune trace de sang. Pas de problème de ce côté-là. Il alla à la desserte et se servit un grand whisky. Il y ajoutait une giclée de soda quand la porte d'entrée s'ouvrit.

Fallon se retourna au moment où le prêtre entrait dans la pièce. Da Costa s'arrêta net, avec stupéfaction.

— Fallon ! Qu'est-ce que vous faites ici ? s'exclama-t-il et puis il devint soudain très pâle. Ah, mon Dieu ! Anna !

Il se précipita vers l'escalier et Fallon le suivit.

— Elle va bien. Elle dort.

Le père Da Costa se retourna lentement.

— Que s'est-il passé ?

— Il y a eu un intrus. Je suis arrivé à temps pour le faire fuir.

— Un des hommes de Meehan ?

— Peut-être... je ne l'ai pas bien vu.

Da Costa arpenta le vestibule, les mains crispées, les doigts croisés, si fortement qu'ils blanchissaient aux articulations.

— Dieu ! Dieu, quand cela finira-t-il ?

— Je pars dimanche soir, lui dit Fallon. Ils m'ont arrangé un passage à bord d'un bateau au départ de Hull.

— Et vous croyez que ce sera la fin de tout ? dit le père Da Costa en secouant la tête. Vous êtes un imbécile, Fallon. Tant que je serai parmi les vivants, Jack Meehan ne se sentira pas en sécurité. La confiance, l'honneur, la foi sacrée dans la parole donnée. Rien de cela n'existe pour lui, alors pourquoi irait-il croire que ces mots ont une signification pour d'autres ?

— Très bien. Tout est de ma faute. Que voulez-vous que je fasse ?

— Il n'y a qu'une seule chose que vous puissiez faire. Me libérer de la seule manière possible.

— Et passer ma vie dans un quartier de haute sécurité ? protesta Fallon. Je ne suis pas un héros.

Il se dirigea vers la porte et le prêtre demanda :

— Vous êtes sûr qu'elle va bien ?

— Oui. Une bonne nuit de repos, c'est tout ce qu'il lui faut. Elle est beaucoup plus forte que vous le croyez. De toutes les manières.

— C'est vraiment une chance que vous soyez arrivé par hasard au bon moment.

— Bon, d'accord, dit Fallon. Je surveillais la maison.

Le père Da Costa secoua tristement la tête.

— Vous voyez, mon ami, vous faites de bonnes actions malgré vous. Vous êtes un homme perdu.

— Allez vous perdre en enfer ! gronda Fallon et il se jeta sous la pluie, s'éloignant aussi vite qu'il le put.

13

L'Église militante

Le père Da Costa rangeait ses vêtements sacerdotaux dans une petite valise quand Anna entra dans son cabinet de travail. Il faisait un temps gris et la pluie éternelle frappait encore aux carreaux. Anna était un peu plus pâle que d'habitude mais paraissait très calme. Un ruban noir retenait ses cheveux sur la nuque et elle portait une jupe et un pull-over gris.

Le prêtre lui prit les mains et la conduisit vers le feu.

— Tu vas bien ?

— Très bien. Je vous assure. Vous sortez ?

— Il le faut, hélas. Une des religieuses du couvent de Notre-Dame-de-la-Pitié est morte hier. Sœur Marie-Gabrielle. Elles m'ont demandé de célébrer la messe, expliqua-t-il puis, après une brève hésitation : Je n'aime pas te laisser seule.

— Ridicule. Sœur Claire doit amener les enfants de l'école élémentaire pour la répétition de la chorale à dix heures et demie. Ensuite, j'ai une leçon particulière jusqu'à midi.

— Parfait. Je serai de retour à ce moment-là.

Il souleva sa valise, elle lui prit le bras et ils sortirent ensemble dans le vestibule.

— Vous aurez besoin de votre imperméable.

— Mais non. Le parapluie suffira, assura-t-il en ouvrant la porte. J'ai réfléchi, Anna. Tu devrais peut-être t'en aller pour quelque temps. Jusqu'à ce que cette affaire soit réglée, d'une façon ou d'une autre.

— Non ! répliqua-t-elle fermement.

Il posa la valise et la prit par les épaules, là sur le seuil.

— Jamais je ne me suis senti si impuissant. Si désorienté. Après ce qui est arrivé hier soir, j'ai songé à parler à Miller.

— Mais vous ne pouvez pas faire ça ! s'écria-t-elle vivement, trop vivement. Non, vous compromettriez Fallon !

Il la contempla avec attention.

— Il te plaît, n'est-ce pas ?

— Ce n'est pas le mot que je choisirais. J'ai du chagrin pour lui. Il a été marqué par la vie. Non, utilisé par la vie d'une manière injuste. Complètement gâché ! s'écria-t-elle avec une passion soudaine. Il est impossible que quelqu'un d'habité par une telle musique n'ait pas une âme ! Dieu ne peut être aussi inhumain.

— Le plus grand cadeau que Dieu a fait à l'homme est le libre arbitre, ma chérie. Le bien et le mal. Tout homme a son libre choix en la matière.

— D'accord, dit-elle farouchement. Mais je ne sais qu'une chose avec certitude. Quand j'ai eu besoin de secours, hier soir, plus que je n'en ai jamais eu besoin de ma vie, c'est Fallon qui m'a sauvée.

— Je sais, murmura le prêtre. Il surveillait la maison.

Toute l'expression d'Anna se transforma et un peu de rose apparut sur ses joues pâles.

— Et vous ne vous souciez pas de ce qui lui arrive ?

— Oh, je m'en soucie ! Plus que tu ne peux le comprendre, probablement. Je vois un homme de génie rabaissé au niveau du ruisseau. Je vois un être humain, un être humain de qualité, commettre pour d'obscures raisons personnelles une espèce de suicide.

— Alors aidez-le !

— A s'aider lui-même ? répliqua le père Da Costa en secouant tristement la tête. Cela ne marche que dans les livres. Rarement dans la vie. Quel que soit cet homme qui dit s'appeler Martin Fallon, une chose est sûre. Il se hait pour ce qu'il a fait, ce qu'il est devenu. Il est rongé par le dégoût de soi-même.

Elle était maintenant complètement déroutée.

— Je ne comprends pas. Je ne comprends rien à tout cela.

— C'est un homme qui recherche la mort à tout instant, Anna. Qui l'accueillerait à bras ouverts. Oh oui, je me soucie de ce qui arrive à Martin Fallon, je m'en soucie passionnément. Le drame, c'est que lui-même ne s'en soucie pas.

Il la laissa sur le perron et partit rapidement à travers le cimetière, tête basse sous l'averse, sans prendre la peine d'ouvrir son parapluie. Quand il arriva sous le petit porche latéral, devant la porte de la sacristie, Fallon était assis sur le petit banc de pierre dans le coin, la tête sur la poitrine, les mains dans les poches de son trench-coat.

Le père Da Costa le secoua par l'épaule. Fallon releva la tête et ouvrit instantanément les yeux. Il avait grand besoin de se raser et la peau de son visage semblait avoir été tirée sur les pommettes ; il avait les yeux vides.

— Une longue nuit, dit le prêtre avec douceur.

— Le temps de réfléchir, répondit Fallon d'une étrange voix morne. A un tas de choses.

— Des conclusions ?

— Oh oui, dit Fallon en se levant et en s'avançant

sous la pluie. L'endroit qu'il me faut : un cimetière... Voyez-vous, mon père, confia-t-il avec un léger sourire aux lèvres, j'ai finalement compris une chose très importante.

— Laquelle ?

— Je ne peux plus vivre avec moi-même.

Il tourna les talons et s'éloigna très rapidement. Le père Da Costa quitta l'abri, une main tendue comme pour le retenir, le ramener.

— Fallon ! appela-t-il d'une voix enrouée.

Quelques étourneaux s'envolèrent d'un arbre, dans le cimetière, et battirent des ailes comme s'ils agitaient une poignée de vieux chiffons noir sale, en poussant des cris rageurs. Ils se perchèrent de nouveau, au moment où Fallon tournait au coin de l'église et disparaissait.

Quand Anna referma la porte du presbytère et descendit du perron, elle entendit immédiatement l'orgue. Elle s'immobilisa, tournée vers l'église, la tête légèrement penchée pour écouter. Le jeu était parfaitement reconnaissable. Le cœur battant, elle se hâta dans l'allée, aussi vite qu'elle l'osait, en cherchant son chemin avec sa canne.

En ouvrant la porte de la sacristie, il lui sembla que la musique emplissait l'église. Il jouait la *Pavane pour une infante défunte* d'une façon infiniment émouvante, allant au cœur même des choses, dans les profondeurs de la vie, la virtuosité technique et l'émotion s'alliant d'une manière qu'elle n'aurait jamais crue possible.

Il termina sur un accord plaintif et resta assis, les épaules voûtées, pendant un long moment tandis que mouraient les derniers échos. Il pivota sur le tabouret, et vit Anna contre la balustrade de l'autel.

— Je n'ai jamais entendu pareille exécution, dit-elle.

Il descendit entre les stalles du chœur et s'arrêta en face d'elle, de l'autre côté de la balustrade.

— De la bonne musique funèbre.

Ces mots la touchèrent au fond du cœur comme un doigt glacé.

— Vous ne devez pas parler ainsi, lui reprocha-t-elle en se forçant à sourire. Vous vouliez me voir ?

— Disons que j'espérais que vous viendriez.

— Eh bien, me voici.

— Je veux que vous fassiez part d'un message à votre oncle. Dites-lui que je suis navré, plus navré que je ne peux le dire, mais que j'ai l'intention de tout réparer. Vous n'aurez plus aucun sujet d'inquiétude, ni vous ni lui. Il a ma parole.

— Mais comment ? Je ne comprends pas !

— C'est mon affaire, lui dit calmement Fallon. Je l'ai commencée, je la finirai. Adieu, Anna Da Costa. Vous ne me reverrez plus.

— Je ne vous ai jamais vu, dit-elle tristement, et quand il passa elle lui posa une main sur le bras. N'est-ce pas terrible ?

Il battit en retraite lentement, délicatement, sans faire le moindre bruit. L'expression d'Anna changea. Elle tendit un bras hésitant.

— Monsieur Fallon ? murmura-t-elle. Vous êtes là ?

Il marcha rapidement vers la porte. Elle grinça quand il l'ouvrit et au moment où il se retournait, pour regarder Anna une dernière fois, elle cria :

— Martin, revenez !

Il y avait dans sa voix une terrible détresse.

Fallon sortit, la porte se ferma dans un soupir et la

jeune fille, la figure ruisselante de larmes, tomba à genoux au pied de l'autel.

Les Petites-Sœurs de la Pitié n'étaient pas seulement des enseignantes. Elles avaient aussi un remarquable passé de travail médical dans les missions lointaines, et c'était là que le père Da Costa avait fait la connaissance de sœur Marie-Gabrielle, en 1951 en Corée. Cette farouche petite Française était sans doute la personne la meilleure, la plus aimante qu'il eût jamais connue. Quatre ans dans un camp de concentration communiste avaient miné sa santé mais son esprit indomptable, son amour du prochain étaient restés intacts.

Plusieurs religieuses, pleuraient en chantant l'offertoire : *Domine Jesu Christe, Rex Gloriae, libera animas omnium fidelium...*

Leurs voix douces s'élevaient vers les voûtes de la minuscule chapelle du couvent tandis que le père Da Costa priait pour le repos de l'âme de sœur Marie-Gabrielle, pour tous les pécheurs du monde que leurs actions soustrayaient à l'infinie bénédiction de l'amour de Dieu. Pour Anna, qu'il ne lui arrive aucun mal. Pour Martin Fallon, qu'il ait la force d'affronter ce qui devait être fait et pour Dandy Jack Meehan...

Mais là, une chose épouvantable se produisit, car sa gorge devint sèche et il crut s'étouffer sur ce nom.

Une fois la messe dite et les absolutions données, les religieuses portèrent le cercueil sous la pluie vers le petit cimetière privé, dans un coin entre les murs extérieur et intérieur du monastère.

Au bord de la tombe, le prêtre aspergea d'eau bénite la fosse et le cercueil, les encensa et, après avoir prié avec lui, quelques religieuses allumèrent des cierges, avec difficulté à cause de la pluie, pour symboliser l'âme de sœur Marie-Gabrielle à présent auprès de Dieu et toujours éblouissante, puis elles chantèrent le vingt-troisième psaume qui avait été son préféré.

Le père Da Costa se la rappela, pendant un moment, durant ces derniers jours, le corps brisé, déchiré par la souffrance. Ah, Dieu, pensa-t-il, pourquoi faut-il qu'il n'y ait que les bons qui souffrent ? Des personnes comme sœur Marie-Gabrielle ?

Et puis il y avait Anna. Si innocente, si tendre, et à la pensée de ce qui s'était passé la veille au soir, il eut le cœur empli d'une rage noire.

Il eut beau s'en défendre, la seule pensée qui lui vint à l'esprit quand il regarda au fond de la tombe ouverte, ce fut que l'entreprise de Meehan avait probablement fabriqué le cercueil.

Jenny Fox avait pris deux comprimés de somnifère la veille et elle se réveilla très tard, à onze heures passées. Elle enfila sa robe de chambre et descendit à la cuisine, où elle trouva Fallon assis à la table, la bouteille de whisky irlandais devant lui, un gobelet à moitié plein à côté. Il avait démonté le Ceska et le remontait avec soin. Le silencieux était également sur la table, contre la bouteille de whisky.

— Vous commencez de bonne heure, observa-t-elle.

— Il y avait longtemps que je n'avais pas bu un verre. Un vrai verre. Maintenant, j'en ai bu quatre. J'avais à réfléchir.

Il vida le gobelet d'un trait, claqua le chargeur dans la crosse du Ceska et vissa le silencieux au canon.

— Est-ce que vous avez abouti à des conclusions ? demanda Jenny d'une voix lasse.

— Oh oui, je crois qu'on peut dire ça. (Il se versa un nouveau whisky et l'avala.) J'ai décidé de lancer une campagne Meehan-doit-partir. Une sorte de croisade à un seul homme, si vous voulez.

— Vous êtes complètement fou. Vous n'avez pas la moindre chance.

— Il va me convoquer dans la journée, Jenny. Il le doit puisqu'il m'expédie de Hull demain soir et nous avons des choses à mettre au point.

Il cligna de l'œil le long du canon de son arme et Jenny murmura :

— Qu'est-ce que vous allez faire ?

— Je vais tuer ce salaud, dit-il avec simplicité. Vous savez ce que Shakespeare a dit : « Une bonne action dans un vilain monde. »

Il était ivre, elle le comprenait, mais à sa manière particulière. Elle s'exclama, désespérément :

— Ne soyez pas stupide ! Si vous le tuez, il n'y aura pas de bateau de Hull pour vous. Qu'est-ce qui arrivera, alors ?

— Je m'en moque éperdument.

Il leva le bras et tira. Il y eut un léger bruit sourd et un petit chien de faïence, sur l'étagère au-dessus du réfrigérateur, vola en éclats.

— Eh bien, dites donc ! Si je peux faire mouche à cette distance après une demi-bouteille de whisky, je ne vois pas très bien comment je pourrais rater Dandy Jack.

Il se leva et prit la bouteille.

— Martin, écoutez-moi, je vous en prie !

Il lui passa devant pour aller à la porte.

— Je ne me suis pas couché la nuit dernière alors j'y

vais maintenant. Réveillez-moi si Meehan téléphone, mais quoi qu'il arrive ne me laissez pas dormir plus tard que cinq heures. J'ai des choses à faire.

Il sortit et elle écouta un moment son pas dans l'escalier. Elle entendit la porte de sa chambre s'ouvrir et se fermer et, seulement alors, elle tomba à genoux pour ramasser les débris du chien de faïence.

La cour du Bull and Bell n'était pas très loin de Paul's Square ; c'était une sale petite ruelle sans soleil, aux pavés ronds, portant le nom du pub qui y était installé depuis deux siècles ou plus. A côté de l'entrée de l'arrière-salle plusieurs poubelles débordantes, des cartons et de vieilles caisses s'entassaient en désordre.

Le Bull and Bell était surtout fréquenté le soir et c'était pourquoi Jack Meehan préférait y aller dans l'après-midi. Il pouvait avoir l'arrière-salle pour lui tout seul, ce qui était bien pratique pour traiter certaines affaires.

Assis sur un tabouret, une chope de bière devant lui, il achevait un sandwich au rosbif en lisant le *Financial Times*. Donner faisait une patience, assis sur la banquette de la fenêtre.

Meehan vida sa chope et la fit glisser sur le comptoir.

— Remets-moi ça, Harry.

Harry était un grand jeune homme musclé qui, en dépit de son tablier blanc, avait la charpente d'un joueur de rugby professionnel. Il avait de longues rouflaquettes brunes et une figure froide, à l'air menaçant.

Alors qu'il remplissait la chope et la poussait sur le bar, la porte s'ouvrit et Rupert et Bonati entrèrent.

Rupert portait une espèce de long carrick à cape, tombant jusqu'aux chevilles, à grands carreaux voyants. Il se secoua vigoureusement et déboutonna son manteau

— Quand est-ce que ça va cesser, voilà ce que je voudrais savoir.

Meehan but une gorgée de bière et éructa.

— Qu'est-ce que tu veux, bon Dieu ! Qui c'est qui tient la boutique ?

Rupert se glissa avec grâce sur le tabouret à côté de lui et lui posa une main sur la cuisse.

— Faut bien que je bouffe aussi, mon canard. Faut bien que je prenne des forces, pas vrai ?

— C'est bon, c'est bon. Harry, donne-lui son Bloody Mary.

— Au fait, est-ce que quelqu'un sait où est Billy ? demanda Rupert.

— Je ne l'ai pas vu depuis hier soir, répondit Meehan. Qui a besoin de lui, d'abord ?

— Le gardien-chef de Pine Trees a téléphoné au bureau, juste avant que je parte.

— Et qu'est-ce qu'il voulait ?

— Paraît qu'ils ont trouvé le whippet de Billy qui traînait par là-bas. Trempé comme une soupe et tremblant comme une feuille, à ce qu'il dit. Il voulait savoir ce qu'il devait en faire.

Meehan fronça les sourcils.

— Qu'est-ce qu'il pouvait bien foutre là-haut, ce cabot ?

— La dernière fois que je l'ai vu, intervint Donner, c'est ce matin vers huit heures et demie, quand je suis allé au garage. Il était dans la Scimitar. J'ai pensé que Billy l'avait oublié, hier soir en rentrant, alors je lui ai ouvert. Parce que ça lui est déjà arrivé, quand il est en pétard ou bourré ou quelque chose. De laisser Tommy dans la voiture, je veux dire.

— Il n'était toujours pas rentré quand je suis sorti ce matin, dit Meehan, et s'il a laissé sa voiture dans le garage, ça veut dire qu'il est allé dans un des clubs du centre. Il est probablement encore au lit avec une pute, le sale petit con. Bonati, monte donc chercher le chien à Pine Trees. Ramène-le à la maison et fais-le manger.

— D'accord, monsieur Meehan, dit Bonati et il ressortit.

Meehan avala encore de la bière.

— Bougre de petit cochon sans cervelle. Il va avoir mon pied dans le cul quand je le verrai.

— Il est jeune, monsieur Meehan. Il apprendra, dit Harry.

Il souleva deux seaux d'eau de vaisselle, passa devant le comptoir, ouvrit la porte et sortit dans la cour. Au moment où il vidait les seaux sur les pavés, le père Da Costa apparut. Il était en soutane et s'abritait sous un parapluie.

Harry le regarda avec une certaine stupéfaction et le prêtre lui demanda poliment :

— Je cherche M. Meehan. M. Jack Meehan. On m'a dit à son bureau que je le trouverais peut-être ici.

— A l'intérieur, répliqua Harry.

Il rentra dans l'arrière-salle et le père Da Costa le suivit, s'arrêtant un instant sur le seuil pour fermer son parapluie.

Ce fut Rupert qui l'aperçut le premier, dans le miroir derrière le bar.

— Ah, nom de Dieu ! s'exclama-t-il.

Il y eut un long silence. Meehan pivota très lentement sur son tabouret.

— Et qu'est-ce que vous venez foutre ici, vous ?

Secouer le tronc pour Noël ou quoi ? Est-ce qu'une livre nous débarrassera de vous ?

Il prit ostensiblement son portefeuille et Da Costa répliqua calmement :

— J'espérais échanger quelques mots avec vous en particulier.

Il restait là debout, son parapluie à la main, le bas de sa soutane trempé par l'herbe folle du cimetière du couvent, les souliers boueux, la barbe grise broussailleuse, attendant une réaction.

Meehan éclata de rire.

— Bon Dieu, si vous pouviez vous voir ! Quelle foutue dégaine ! Des hommes en jupons. Ça ne prendra jamais.

— Je n'y compte pas, dit patiemment le prêtre. Pouvons-nous causer ?

Meehan indiqua Donner et Rupert d'une main molle.

— Il n'y a rien que vous puissiez dire que ces deux-là ne peuvent pas entendre.

— Très bien. C'est assez simple. Je ne veux pas que vous remettiez les pieds dans le voisinage de Saint-Nom et je ne veux plus que se reproduise ce qui est arrivé hier soir au presbytère.

Meehan fronça les sourcils.

— Qu'est-ce que vous racontez, bon Dieu ?

— C'est bon, monsieur Meehan, dit le père Da Costa en soupirant. Hier soir, quelqu'un s'est introduit dans le presbytère et a attaqué ma nièce. Si Fallon n'avait pas surgi au bon moment et n'avait pas chassé cet homme, il aurait pu lui arriver n'importe quoi. Mais je suppose que vous allez me dire que vous n'êtes pas du tout au courant.

— Parfaitement ! Je n'en savais foutre rien ! cria Meehan.

Le père Da Costa lutta pour maîtriser sa fureur.

— Vous mentez, dit-il simplement.

Le sang monta à la tête de Meehan, sa figure se congestionna, ses yeux sortirent de leurs orbites.

— Pour qui est-ce que vous vous prenez ? gronda-t-il.

— C'est mon dernier avertissement. Quand nous nous sommes vus la dernière fois, je vous ai dit que mon Dieu était aussi bien un Dieu de colère qu'un Dieu d'amour. Vous feriez bien de ne pas l'oublier.

Violacé de rage, Meehan se tourna vers le barman :

— Jette-moi ça dehors !

Harry souleva l'abattant et sortit du bar.

— D'accord. Allez, par ici la sortie, pépère.

De la main droite, il attrapa le col du prêtre, de la gauche sa ceinture, et ils passèrent en courant par la porte sous les éclats de rire de Donner et de Rupert, qui se précipitèrent sur le seuil pour ne rien manquer du spectacle. Meehan les rejoignit.

Le père Da Costa était sur les mains et les genoux sous la pluie, dans une grande flaque.

— Qu'est-ce qui se passe, mon canard ? lança Rupert. Tu t'es pissé dessus ou quoi ?

C'était une réflexion stupide, puérile de vulgarité, et ce fut cependant la dernière goutte, en quelque sorte, qui fit déborder la rage du prêtre, si bien que lorsque Harry le fit lever, un bras autour de sa gorge, il réagit comme on le lui avait appris trente ans plus tôt, à cette dure école brutale de la guérilla et de l'action de nuit.

Harry souriait largement.

— Nous n'aimons pas que les travelos comme toi viennent embêter nos clients.

Il n'eut pas l'occasion de dire autre chose. Le coude droit du père Da Costa s'enfonça dans ses côtes et il pivota sur un pied alors que Harry, le souffle coupé, partait à la renverse.

— Vous ne devriez jamais laisser quelqu'un approcher de si près. On vous a mal entraîné.

Harry se rétablit et se rua en avant, le poing droit préparé pour un punch terrifiant. Le père Da Costa l'esquiva, saisit le poignet à deux mains, le tordit en le levant pour faire une clef au bras et poussa Harry la tête la première dans le tas de caisses.

Quand il se retourna, Donner arrivait à la rescousse et reçut un coup de pied sous le genou droit, magistralement décoché, qui le cassa en deux de douleur. Le père Da Costa envoya ensuite un genou en pleine figure qui souleva Donner et le renvoya contre le mur.

Rupert poussa un cri de détresse, dans sa hâte à regagner la sécurité de l'arrière-salle, glissa sur le seuil et fit tomber Meehan avec lui. Alors que Meehan commençait à se relever, Da Costa lui assena un coup de poing dans la figure, un solide direct du droit chargé de toute sa rage, de toute sa rancœur. Un os craqua, le nez de Meehan s'aplatit sous les dures articulations du prêtre et il retomba dans l'arrière-salle en gémissant, du sang jaillissant de ses narines.

Rupert se précipita à quatre pattes pour se cacher derrière le comptoir tandis que le père Da Costa contemplait Meehan, la rage meurtrière encore en lui, les poings crispés. Il baissa alors les yeux sur ses mains et quand il vit le sang sur ses doigts, une expression d'horreur apparut sur son visage.

Il recula lentement dans la cour. Harry restait à plat ventre parmi les caisses. Donner vomissait contre le mur. Le père Da Costa regarda encore avec répulsion le sang sur ses mains, tourna les talons et s'enfuit.

Quand il entra dans son bureau, Anna tricotait, assise près du feu. Elle tourna la tête vers lui.

— Vous arrivez bien tard. Je m'inquiétais.

Il était encore extrêmement agité et dut se forcer à parler calmement.

— Excuse-moi. J'ai été retardé.

Elle posa son tricot et se leva.

— Après votre départ, quand je suis allée à l'église tout préparer pour la chorale, Fallon jouait de l'orgue.

Le visage du prêtre s'assombrit.

— Il a dit quelque chose ? Tu lui as parlé ?

— Il m'a donné un message pour vous. Il m'a demandé de vous dire que tout était de sa faute et qu'il le regrettait.

— C'est tout ?

— Non, il a dit que nous n'avions plus rien à craindre désormais. Qu'il avait commencé, qu'il finirait. Et il m'a dit que nous ne le reverrions plus. Que voulait-il dire ? Pensez-vous qu'il ait l'intention de se livrer à la police ?

— Dieu seul le sait ! murmura le père Da Costa en mettant une main rassurante sur l'épaule d'Anna. Je descends à l'église. Quelque chose à faire. Je n'en ai pas pour longtemps.

Il la laissa et courut presque dans le cimetière pour entrer dans l'église par la sacristie. Il alla tomber à genoux devant l'autel, joignit les mains et leva les yeux vers le Christ en croix.

— Pardonnez-moi, implora-t-il. Père céleste, pardonnez-moi !

Il baissa la tête et pleura, car dans son cœur il savait qu'il n'y avait pas la moindre parcelle de remords pour ce qu'il avait fait à Jack Meehan. Pis encore, bien pis, il y avait toujours cette petite voix insidieuse qui lui répétait qu'en supprimant Meehan de la surface de la terre, il rendrait un grand service à l'humanité.

Meehan sortit de sa salle de bains en kimono de soie, tenant une poche à glace sur sa figure. Le médecin était venu et reparti, le saignement de nez s'était arrêté mais le nez lui-même était une vilaine masse de chair enflée, violacée, qui ne serait plus jamais ce qu'il avait été. Donner, Bonati et Rupert attendaient sagement près de la porte. La bouche de Donner était méchamment meurtrie et la lèvre inférieure deux fois plus épaisse que la normale.

Meehan lança la poche à glace à travers la pièce.

— Ça ne fait rien du tout, cette foutue connerie ! Donnez-moi à boire, quelqu'un !

Rupert se précipita vers la table roulante aux bouteilles et servit un grand cognac. Il le porta à Meehan, qui était à la fenêtre et contemplait la place d'un air songeur.

Il se retourna, redevenu subitement et mystérieusement lui-même, et demanda à Donner :

— Frank, comment s'appelait ce vieux, là, qui savait si bien y faire avec les explosifs ?

— Ellerman, monsieur Meehan. C'est à lui que vous pensez ?

— C'est à lui. Il n'est pas dans le trou, dis-moi ?

— Pas à ma connaissance.

— Parfait, je le veux ici avant une heure. Va le trouver et tu peux lui dire qu'il y aura bien deux cents livres pour lui.

Il avala un peu de son cognac et se tourna vers Rupert :

— Et toi, trésor, j'ai exactement le travail qu'il te faut. Tu vas aller voir Jenny pour moi. Nous allons avoir besoin d'elle aussi, pour ce que j'ai dans l'idée.

— Tu crois qu'elle marchera ? C'est une vraie salope butée, quand elle s'y met.

— Pas cette fois, répliqua Meehan en riant. Je vais te donner une proposition à lui faire qu'elle ne pourra pas refuser.

Il rit encore comme si c'était une plaisanterie particulièrement excellente et Rupert regarda Donner avec un peu d'inquiétude. Donner se hasarda :

— Qu'est-ce que ça veut dire, tout ça, monsieur Meehan ?

— J'en ai ma claque. Voilà ce que ça veut dire. Assez. Le curé, Fallon, tout le bazar. Je m'en vais nettoyer l'ardoise une bonne fois pour toutes. Me les faire tout les deux ce soir même, et voilà comment nous allons nous y prendre.

Harvey Ellerman avait cinquante ans et en paraissait dix de plus, pour la simple raison qu'il avait passé vingt-deux ans de sa vie derrière les barreaux, si l'on additionnait toutes ses diverses condamnations.

C'était un petit individu effacé, habituellement coiffé d'une casquette de tweed et vêtu d'un imperméable marron, qui semblait écrasé par l'existence ; et pourtant ce petit homme à la mine anxieuse avait la réputation d'en savoir plus sur les explosifs que n'importe qui dans tout le nord de l'Angleterre. Finalement, son génie avait causé sa perte, car il abordait ses travaux d'une manière tellement originale que c'était comme s'il signait de son nom tous les coups qu'il perpétrait ; depuis des années, la police l'arrêtait avec une régularité monotone dès qu'il faisait un faux pas.

Il sortit de l'ascenseur dans l'appartement des combles, suivi par Donner, portant une valise bon marché en fibre de bois, fermée par une courroie. Meehan alla à sa rencontre, la main tendue, et Ellerman posa la valise.

— Ravi de te revoir, Harvey, dit Meehan. J'espère que tu pourras nous aider. Est-ce que Frank t'a expliqué ce que je veux ?

— Oui, monsieur Meehan, enfin, façon de parler, répondit Ellerman après une hésitation. Vous ne me voulez pas personnellement pour cette affaire, dites, monsieur Meehan ? Il n'est pas question de ça ?

— Bien sûr que non !

Ellerman parut soulagé.

— Parce que j'ai pris ma retraite de toute participation active, monsieur Meehan. Vous savez ce que c'est.

— Oh oui, je le sais, je le sais ! Tu étais bien trop bon pour eux, tiens ! dit Meehan et il prit la valise d'Ellerman pour la poser sur la table. Voyons un peu ce que t'as là.

Ellerman déboucla la courroie et ouvrit la valise. Elle contenait un assortiment varié d'explosifs, soigneusement emballés dans des boîtes en fer, un choix de mèches et de détonateurs, des bobines de fil et une trousse à outils.

— Frank m'a dit que vous vouliez quelque chose de semblable au genre de trucs dont l'IRA se sert en Irlande.

— Pas seulement semblable, Harvey. Je veux que ce soit exactement la même chose. Quand les techniciens de la police examineront ce qui reste de la bombe, je veux qu'il n'y ait pas le moindre doute dans leur esprit sur sa provenance.

— Très bien, monsieur Meehan, dit Ellerman de sa voix sans timbre. Comme vous voudrez. Nous nous servirons donc de ceci, expliqua-t-il en prenant une boîte. Une boîte de biscuits Waverley. Fabriquée à Belfast. Bourrée de plastic. Disons vingt livres. Ça devrait faire l'affaire.

— Et la mèche ?

Ellerman montra un long et mince crayon foncé.

— Ils se servent beaucoup de ça, ces temps-ci. Une mèche chimique de fabrication russe. A l'épreuve de pratiquement tout. Une fois qu'on a brisé la capsule, on a vingt minutes.

— Exactement ce qu'il faut, approuva Meehan en se frottant les mains. Alors tu ferais bien de commencer.

Il se retourna et alla regarder par la fenêtre, en sifflotant gaiement.

14

Grimsdyke

Fallon ouvrit les yeux et s'aperçut que Jenny le secouait par l'épaule.

— Réveillez-vous ! répétait-elle avec insistance. Réveillez-vous !

Il avait une légère palpitation derrière l'œil droit mais, autrement, il se sentait singulièrement léger. Il s'assit, balança ses jambes par terre et frotta son menton piquant.

— Quelle heure est-il ?

— Quatre heures. Votre ami, le père Da Costa, a téléphoné. Il veut vous voir.

Fallon se redressa lentement et la regarda, d'un air vaguement perplexe.

— Quand est-ce qu'il a appelé ?

— Il doit y avoir dix minutes. Je voulais monter vous chercher mais il a dit qu'il n'avait pas le temps.

— Et où est-ce qu'il veut me voir ? A Saint-Nom ?

Elle secoua la tête.

— Non. Il a dit qu'il emmenait sa nièce à la campagne. Il pense qu'elle sera plus en sécurité. Un petit patelin appelé Grimsdyke. C'est à une trentaine de kilomètres d'ici, dans les marais. Il veut que vous alliez le retrouver là-bas le plus tôt possible.

— Ah bon, dit Fallon. Vous savez où c'est ?

— Oui, j'y allais dans le temps en pique-nique,

quand j'étais petite. Je ne suis jamais allée à ce moulin où il va — Mill House, il l'appelle —, mais il m'a expliqué le chemin.

Fallon hocha lentement la tête.

— Et vous voulez bien m'y conduire ?

— Si ça vous arrange. Nous prendrons ma voiture. Nous n'en aurons guère que pour une demi-heure.

Il la contempla, les yeux très sombres et parfaitement inexpressifs. Elle se détourna nerveusement, incapable de soutenir son regard, en rougissant furieusement.

— Écoutez, moi je m'en fous. Vous voulez y aller ou vous ne voulez pas ?

Il savait qu'elle mentait et pourtant cela n'avait pas la moindre importance car, pour d'obscures raisons, il savait sans l'ombre d'un doute qu'elle le conduirait dans la bonne direction.

— D'accord, dit-il. Parfait. Accordez-moi deux minutes pour me préparer et je vous rejoins en bas.

Dès qu'elle fut partie, il tira le Ceska de la poche de sa veste, éjecta le chargeur, le rechargea de huit balles et le rangea dans la poche droite de son trench-coat.

Il alla à la fenêtre, se baissa, souleva le tapis et récupéra l'automatique Browning dont il s'était servi lors de sa première entrevue avec Kristou à Londres. Dessous, il y avait une grosse enveloppe en kraft contenant près de deux mille livres en billets de dix, le gros de l'argent qu'il avait reçu de Meehan. Il glissa l'enveloppe dans sa poche intérieure et vérifia rapidement le Browning.

Dans l'armoire à pharmacie au-dessus du lavabo, il trouva un rouleau de sparadrap ; il en coupa deux longs morceaux avec le rasoir prêté par Jenny et fixa l'automatique à sa jambe gauche, juste au-dessus de la cheville, recouvert par sa chaussette.

Il descendit en boutonnant son trench-coat. Jenny l'attendait dans l'entrée, vêtue d'un imperméable en plastique rouge. Elle lui adressa un petit sourire forcé, tout en mettant ses gants.

— Prêt à partir, alors ?

Il ouvrit la porte mais retint Jenny par l'épaule alors qu'elle allait sortir.

— Il n'y a rien d'autre, n'est-ce pas ? Rien que vous auriez oublié de me dire ?

Elle rougit et de la colère perça de nouveau dans sa voix quand elle répliqua :

— Est-ce que j'irais faire ça, moi ?

— Alors tout va bien, dit-il calmement. Allons-y.

Il ferma la porte et la suivit vers la Mini-Cooper garée au bas du perron.

Les marais de Grimsdyke, à l'estuaire du fleuve, étaient une vaste plaine désolée de bassins saumâtres, de hauts-fonds de vase et de grandes haies de roseaux pâles, plus hautes qu'un homme. Depuis le commencement de l'Histoire, des hommes étaient venus là pour une raison ou une autre, Romains, Saxons, Danois, Normands, mais à présent c'était une terre de fantômes. Un monde étrange, inhumain, habité par les oiseaux, des courlis, des chevaliers-gambettes, des oies sauvages descendant de Sibérie pour passer l'hiver dans le marécage.

Ils traversèrent le village, une petite bourgade assez agréable, trente ou quarante maisons, un garage et un pub. Il pleuvait très fort, le vent chassait de grandes nappes de pluie vers la mer, au-dessus des marais.

— A huit cents mètres après le village, sur la droite,

dit Jenny en jetant un coup d'œil à Fallon. C'est ce que le type a dit.

— On dirait que c'est là, oui.

Elle quitta la route et engagea la Cooper sur une vague piste pas plus large qu'une carriole, guère plus qu'une chaussée herbeuse. De part et d'autre s'étendaient sur des kilomètres des roseaux, des joncs, des herbes sèches courbés par la pluie et le vent ; une brume légère montait de la mer.

Fallon baissa la vitre de son côté et respira profondément l'air marin.

— Un sacré paysage !

— J'adorais venir ici quand j'étais gosse, dit-elle. C'était comme nulle part ailleurs sur terre. Un monde complètement différent, après la ville.

Plus ils s'approchaient de l'estuaire, plus le brouillard se refermait autour d'eux, mais finalement ils gravirent une côte et découvrirent ce qui ne pouvait être que le moulin, dépassant d'un bouquet d'arbres à une centaine de mètres au sud. Fallon posa une main sur le bras de Jenny et elle freina.

— Qu'est-ce qu'il y a encore ?

— A partir d'ici, nous marchons, dit-il.

— C'est nécessaire ?

— Si la vie m'a appris quelque chose, c'est à ne jamais me fier aux apparences.

Elle haussa les épaules mais descendit de voiture sans discuter et Fallon, quittant le chemin, la précéda à travers une plantation de sapins vers le moulin, vaguement visible entre les arbres.

Il s'accroupit derrière un buisson en tirant Jenny à côté de lui et il examina attentivement les environs. Il y avait une tour de pierre haute de trois étages, le toit ouvert sur le ciel. La maison était prolongée à une extrémité par une construction en bois qui avait l'air d'une grange et qui n'était pas en meilleur état que le reste. Un mince filet de fumée montait d'une cheminée de fer.

De l'autre côté, il y avait une immense roue de moulin qui tournait en grinçant horriblement sous la poussée des eaux tumultueuses du fleuve en crue.

— Aucune trace de sa fourgonnette Mini, murmura Fallon.

— Il a dû la mettre à l'abri dans la grange, non? répliqua Jenny qui ajouta avec impatience : Bon Dieu de bon Dieu, décidez-vous ! Est-ce qu'on y va, oui ou merde ? Je me fais tremper.

Elle paraissait en colère et sa main gauche tremblait légèrement.

— Allez devant, lui dit-il. Appelez-moi si tout va bien.

Elle le considéra avec un certain étonnement, puis elle haussa les épaules, se releva et s'avança à découvert. Il la suivit des yeux jusqu'à la grange. Elle se retourna une fois vers lui, puis elle ouvrit un des battants de la grande porte et entra.

Quelques instants plus tard elle reparut pour lui crier :

— Tout va bien. Venez donc !

Fallon hésita encore un peu, puis il soupira et sortit à son tour de sous les arbres, avec un petit sourire fixe aux lèvres. Quand il fut à quatre ou cinq mètres de la porte, Jenny lui dit :

— Ils sont là.

Et elle rentra. Il la suivit sans hésitation. La grange sentait le vieux foin et les souris. Il y avait une vieille carriole dans un coin ; un grand fenil faisait le tour sur trois côtés et des lucarnes rondes sans carreaux laissaient entrer le jour. Un feu brûlait dans un poêle de fonte ancien.

Il n'y avait aucune trace du père Da Costa ni d'Anna, mais Fallon n'en fut pas autrement surpris. Jenny se tenait près d'un petit lit de fer, contre le mur du fond, où dormait sous une couverture une petite fille blonde.

— Je suis désolée, Martin, dit Jenny avec une détresse sincère. Je n'avais pas le choix.

— En haut, Fallon ! cria quelqu'un.

Fallon leva les yeux et vit Donner au bord du fenil, armé d'un fusil Armlite. Rupert, debout à côté de lui, serrait dans ses mains un canon scié et Harry, le barman du Bull and Bell, apparut à l'entrée du fenil du côté opposé, un revolver dans sa main droite.

Donner leva un peu l'Armlite.

— Paraît qu'une balle de ces trucs-là pénètre par-devant et ressort par-derrière en emportant un bon gros morceau du bonhomme, alors je te conseille de ne pas bouger du tout.

— Je ne bouge pas, assura Fallon sans ironie et il leva les mains.

Harry descendit par l'échelle le premier. Il avait une mine épouvantable, l'œil gauche complètement fermé et tout un côté de sa figure horriblement meurtri. Il s'arrêta à un mètre ou deux et couvrit Fallon avec son revolver pendant que Rupert le suivait sur l'échelle. Quand ils furent tous deux en position, Donner abaissa l'Armlite et les rejoignit.

— Faut jamais te fier à une gonzesse, mon canard, susurra Rupert avec un sourire moqueur. J'aurais pensé que tu savais ça, depuis le temps. Des salopes et des menteuses, toutes tant qu'elles sont. Contrôlées par la lune. Tandis que moi, par exemple...

Donner lui donna un coup de pied dans les jambes.

— Ta gueule et fouille-le. Il doit avoir le flingue dans sa poche droite.

Rupert trouva le Ceska immédiatement et ensuite l'enveloppe contenant l'argent. Donner l'ouvrit et sifflota tout bas.

— Combien ? demanda-t-il.

— Deux mille, répondit Fallon.

Donner sourit de toutes ses dents.

— Ça devait être ça qu'il voulait dire, en parlant de prime inattendue.

Il rangea l'enveloppe dans sa poche intérieure et Rupert passa les mains tout le long du corps de Fallon.

— Ravissant, murmura-t-il. Je pourrais vraiment en pincer pour toi, mon canard.

Il lui caressa la joue mais Fallon l'envoya chanceler à la renverse d'une détente du bras droit.

— Pose encore la main sur moi et je te tords le cou !

Les yeux de Rupert étincelèrent ; il ramassa son canon scié et rabattit le chien.

— Eh bien, eh bien, nous sommes une vraie garce, on dirait ! Mais je m'en vais arranger ça !

Donner lui flanqua un nouveau coup de pied, dans l'arrière-train.

— Espèce de sale petite folle perdue imbécile ! Qu'est-ce que tu cherches ? A tout foutre en l'air ? Allez, fous le camp, va faire du thé. T'es bonne qu'à ça !

Rupert alla vers le poêle en maugréant, sans lâcher son fusil, et Donner tira d'une de ses poches une paire de menottes réglementaires de police. Il les fit claquer aux poignets de Fallon et fit tomber la clef dans sa poche de poitrine.

— Tu peux choisir, à la dure ou facile, dit-il. Je m'en fous. Compris ?

— J'essaie toujours, dit Fallon.

— Bien, alors assieds-toi à côté de la souris, que je puisse vous surveiller tous les deux.

Fallon s'approcha du petit lit et s'assit à côté, adossé au mur. Il regarda l'enfant. Elle avait les yeux fermés, une respiration régulière.

— La fille dont vous m'avez parlé ? demanda-t-il à Jenny. Elle va bien ?

— Ils lui ont donné un sédatif, c'est tout, répondit-elle, les yeux brillants de larmes. Je suis désolée, Martin, je n'avais pas le choix. Je suis allée la chercher, comme tous les samedis, et je l'ai emmenée au parc, au terrain de jeux. C'est là que Rupert et cette brute de Harry nous ont enlevées.

— Et ils vous ont menacée ?

— Ils ont dit qu'ils garderaient Sally. Que je pourrais la reprendre si j'arrivais à vous amener ici. Qu'est-ce que je pouvais faire ? J'étais terrifiée ! Vous ne connaissez pas Jack Meehan comme je le connais. Il est capable de tout, comme Billy.

— Billy ne vous embêtera plus jamais, dit Fallon. Je l'ai tué hier soir.

Elle le regarda en ouvrant de grands yeux.

— Quoi ?

— Tout comme j'ai l'intention de tuer Dandy Jack, répliqua calmement Fallon. Il y a un paquet de cigarettes dans ma poche gauche, au fait. Allumez-m'en une, vous voulez bien ? Vous serez gentille.

Elle était abasourdie par l'énormité de ce qu'il venait de dire mais elle fit ce qu'il demandait. Elle lui glissa une cigarette entre les lèvres et craqua une allumette. Donner les rejoignit, portant un sac écossais. Il s'accroupit devant Fallon et ouvrit le sac. Il en retira, une par une, trois bouteilles de whisky irlandais qu'il posa par terre.

— Jameson, dit Fallon. Celui que je préfère. Comment avez-vous deviné ?

— Et tout ça pour toi, déclara Donner. Les trois bouteilles.

— Je dois avouer que l'idée me paraît intéressante. Dites-m'en davantage.

— Pourquoi pas ? A vrai dire, elle est très bonne. Je crois qu'elle te plaira. Tu comprends, nous avons trois problèmes, Fallon. Le curé et sa nièce, parce qu'ils en savent plus que ce qui est bon pour eux.

— Et moi ?

— Tout juste, dit Donner en prenant une des cigarettes de Fallon. Enfin bref, M. Meehan a eu cette assez belle idée. Elle est merveilleusement simple. On se débarrasse de Da Costa et de sa nièce et on te fait porter le chapeau.

— Je vois. Et comment est-ce que vous comptez faire ça ? demanda Fallon.

— T'étais un caïd de la bombe, par là-bas dans l'Ulster, pas vrai ? Alors ce serait logique que tu te serves de la même méthode si tu voulais descendre quelqu'un par ici.

— Mon Dieu ! murmura Jenny.

Donner ne fit pas attention à elle. Il s'amusait visiblement.

— La messe du soir au Saint-Nom est à six heures, reprit-il. Quand elle sera finie, M. Meehan et Bonati mettront la main sur le curé et sa nièce et les emmèneront en haut de la tour, en même temps qu'une vingtaine de livres de plastic et une mèche chimique, dans une boîte à biscuits Waverley. Quand ce petit colis sautera ils sauteront avec et l'église dégringolera.

— Je vois, dit Fallon. Et moi, alors ?

— Facile. Bonati arrive ici dans la fourgonnette Mini

de Da Costa. On te verse trois bouteilles de whisky irlandais dans la gargante, on te colle au volant et on t'envoie faire un tour. Y a une colline qui s'appelle Cullen's Bend, à quatre-cinq kilomètres d'ici. Un coin terrible pour les accidents.

— Et vous vous figurez que ça va tout régler ?

— Ce sera emballé-pesé, aussi joli qu'un cadeau de Noël. Quand les flics examineront ce qui reste de cette bagnole, ils trouveront le matériel de fabrication de la bombe et quelques cartouches de gélignite, le même plastic que la bombe de l'église, sans parler du flingue qui a servi à tuer Krasko. Les techniciens de la police en feront leurs choux gras, et soyons francs, les mecs de la Branche spéciale et de l'Intelligence Service te courent après depuis des années. Ils seront ravis.

— Miller n'y croira pas une seconde, riposta Fallon. Il sait que Meehan est responsable du meurtre de Krasko.

— Possible, mais il ne peut rien y faire du tout.

Jenny protesta dans un souffle :

— C'est de l'assassinat. De l'assassinat de sang-froid. Vous ne pouvez pas faire ça.

— Ta gueule, lui dit Donner.

Elle recula peureusement et elle remarqua alors une chose extraordinaire. Les yeux de Fallon semblaient avoir changé de couleur, légèrement, il y avait des reflets lumineux dans le noir et quand il la regarda elle sentit en lui une puissance presque physique, une autorité nouvelle. C'était un peu comme s'il avait été endormi et se réveillait tout à coup. Il jeta un coup d'œil aux deux autres. Harry examinait la vieille carriole en leur tournant le dos et Rupert était près du poêle avec son fusil.

— Alors, comme ça, c'est fini ? dit-il tout bas.

Donner secoua la tête d'un air faussement affligé.

— Tu aurais mieux fait de rester chez toi dans la tourbe, Fallon. C'est plus ta division, ici.

— C'est ce qu'on dirait...

Donner se pencha pour s'attribuer une autre cigarette. Fallon baissa les deux mains sur la crosse du Browning qu'il avait si soigneusement collé à sa jambe gauche au-dessus de la cheville, l'arracha et logea une balle dans le cœur de Donner à bout touchant.

La violence de l'impact souleva Donner et le rejeta sur le sol et, au même instant, Fallon tira une balle dans le dos de Harry avant qu'il ait le temps de se retourner, qui lui fracassa la colonne vertébrale et le projeta la tête la première dans la carriole.

Jenny hurlait, Fallon l'écarta brutalement mais il était déjà debout, le Browning braqué vers Rupert qui se retournait avec effroi, trop tard, serrant toujours le canon scié à deux mains.

Il ouvrit la bouche dans un cri silencieux à l'instant où la troisième balle de Fallon le frappait en plein front. Du sang et des débris de cervelle éclaboussèrent les pierres grises alors que le crâne éclatait et Rupert fut plaqué contre le mur ; le doigt sur la détente de l'arme se crispa convulsivement et il tira, déjà mort, des deux canons.

Jenny se jeta en travers de la petite fille qui dormait toujours de son sommeil artificiel. Un grand silence tomba. Elle se retourna peureusement et vit Fallon debout, les jambes écartées, en parfait équilibre, tenant le Browning devant lui à deux mains. Il avait la figure très blanche, dépourvue de toute expression, les yeux sombres. Sa manche droite était déchirée et du sang tombait par terre.

Elle se releva en tremblant.

— Vous êtes blessé.

Il ne parut pas l'entendre mais alla à la carriole où Harry était vautré à plat ventre et il le poussa un peu du pied. Puis il alla vers Rupert. Jenny s'approcha de lui.

— Il est mort ? chuchota-t-elle mais elle vit alors la partie postérieure du crâne et se détourna, l'estomac révulsé, tendant une main vers le mur pour s'y appuyer.

Quand elle se ressaisit, Fallon était à genoux à côté de Donner et fouillait dans la poche de poitrine du mort. Il trouva la clef qu'il cherchait et se releva.

— Débarrassez-moi de ça.

Elle sentait une odeur d'abattoir qui s'infiltrait jusque dans son cerveau, et en revenant vers lui, effrayée et le cœur malade, elle trébucha et faillit tomber. Il la saisit par un bras et la retint.

— Du nerf, ma fille. Ne craquez pas maintenant. J'ai besoin de vous.

— Ça va, bredouilla-t-elle. Ça va très bien, vraiment.

Elle ouvrit les menottes et Fallon les jeta par terre, puis il s'accroupit de nouveau et reprit l'enveloppe dans la poche intérieure de Donner.

— Vous devriez me laisser regarder votre bras, dit Jenny d'une voix lasse quand il se releva.

— Si vous voulez.

Il ôta sa veste et s'assit au bord du lit, en fumant une cigarette, pendant qu'elle faisait ce qu'elle pouvait pour lui.

Le bras était en piteux état. Trois ou quatre vilaines blessures de chevrotine. Elle le pansa de son mieux, avec le mouchoir de Donner. Fallon ramassa une des bouteilles de Jameson, arracha le bouchon avec les dents et but une longue rasade.

Quand Jenny eut fini, elle s'assit sur le lit à côté de lui et regarda autour d'elle.

— Combien de temps est-ce que ça a duré ? Deux,

peut-être trois secondes ? murmura-t-elle en frémissant. Quelle espèce d'homme êtes-vous, Martin ?

Fallon enfila maladroitement sa veste.

— Vous avez entendu Donner. Un petit Irlandais hors de sa division, qui aurait dû rester chez lui dans la tourbe.

— Il se trompait, n'est-ce pas ?

— Là d'où je viens, il n'aurait pas duré une journée, dit Fallon avec indifférence. Quelle heure est-il ?

Elle jeta un coup d'œil à sa montre.

— Cinq heures et demie.

Il se leva et reprit son trench-coat.

— Parfait. La messe du soir à Saint-Nom commence à six heures et se termine vers sept heures. Vous allez m'y conduire. Tout de suite.

Elle l'aida à enfiler le trench-coat.

— Ce bateau, dit-elle. Celui par lequel vous deviez partir de Hull ? J'ai entendu le nom. Donner et Rupert en parlaient. Vous pourriez encore partir.

— Sans passeport ?

Il essaya de boucler sa ceinture, gauchement à cause de son bras blessé, et elle la lui serra.

— L'argent parle, dit-elle. Et vous en avez bien assez dans cette enveloppe.

Elle était tout contre lui, les mains autour de sa taille, les yeux levés. Il dit calmement :

— Et vous aimeriez venir avec moi, je suppose ?

Elle secoua la tête.

— Vous ne pourriez pas vous tromper davantage. Il est trop tard pour que je change, maintenant. Il était déjà trop tard le jour où j'ai commencé. C'est à vous que je pense. Vous êtes le seul homme que j'aie jamais connu qui m'ait donné autre chose qu'une passe rapide et un revers de main.

Pendant un long moment, Fallon la contempla sombrement, puis il murmura :

— Emmenez la petite.

Il alla à la porte. Jenny souleva sa petite fille, l'enveloppa dans la couverture et le suivit. Quand elle sortit il était immobile, les mains dans les poches, les yeux levés sous la pluie vers le ciel où passait un vol d'oies sauvages en formation triangulaire.

— Elles sont libres et je ne le suis pas, Jenny. Est-ce que vous êtes capable de comprendre ça ?

Quand il retira sa main droite de sa poche, du sang coula de ses doigts.

— Vous avez besoin d'un médecin, dit-elle.

— J'ai besoin de Dandy Jack Meehan et de personne d'autre. Et maintenant, tirons-nous d'ici.

Il tourna les talons et repartit le long du sentier vers la voiture.

15

La colère de Dieu

Meehan était content de lui, malgré son nez cassé, alors que Bonati et lui passaient devant l'hôtel de ville. Content et surexcité. Son chapeau à bord roulé était crânement penché d'un côté, le col de son pardessus croisé relevé contre le vent, et il portait à la main droite un fourre-tout de toile contenant la bombe.

— Tu veux que je te dise, confia-t-il à Bonati alors qu'ils traversaient la rue. J'aimerais bien savoir où est notre Billy en ce moment. J'aurai la peau de ses fesses pour ça, quand je le verrai.

— Vous savez ce que c'est pour ces gamins, quand ils sont avec une pépée, monsieur Meehan, dit Bonati d'une voix apaisante. Il va bien revenir.

— Putains de petites salopes, grommela Meehan avec dégoût. Ce gosse n'a rien d'autre en tête que sa bite.

Il tourna dans Rockingham Street et reçut son premier choc quand il entendit l'orgue de l'église du Saint-Nom et des voix chantant un cantique. Il se réfugia dans une encoignure de porte à l'abri de la pluie et dit à Bonati :

— Qu'est-ce qui se passe ici ? La messe du soir est à six heures. Et il n'est que moins dix.

— Je n'en sais rien, monsieur Meehan.

Ils traversèrent, tête basse, sous une rafale de pluie,

et s'arrêtèrent devant le panneau d'affichage. Bonati lut tout haut, en ânonnant :

— Messe du soir, six heures. Cinq heures trente le samedi.

Meehan jura tout bas.

— Une foutue bonne chose qu'on soit en avance. Allez, viens, entrons.

Il faisait froid et humide dans l'église et l'odeur des cierges était forte. Une douzaine de fidèles à peine étaient là. Le père Da Costa priait devant l'autel et Meehan aperçut la tête d'Anna, de l'autre côté du rideau vert, qui jouait de l'orgue.

Bonati et lui s'assirent sur un banc de côté, en partie cachés par un pilier; il posa le sac de toile entre ses pieds. C'était vraiment très plaisant d'être assis là dans la pénombre, pensa Meehan, avec les petites flammes tremblantes des cierges et la musique de l'orgue. Les quatre enfants de chœur en soutanelle rouge et surplis blanc lui donnèrent la nostalgie de son enfance. Le plus bizarre, s'étonna-t-il, c'était qu'il se rappelait les répons.

— Je confesse à Dieu tout-puissant et à vous mes frères, disait le père Da Costa, que j'ai péché par ma faute...

Il se frappa la poitrine, et Meehan l'imita avec enthousiasme, en demandant à la bienheureuse Marie toujours vierge, aux anges et à tous les saints et au reste des fidèles de prier pour lui le Seigneur notre Dieu.

Alors que tout le monde se levait pour l'hymne suivant, il s'aperçut tout à coup, non sans surprise, qu'il était enchanté d'être là.

Quand la Cooper passa sur un pont en dos d'âne, Fallon, dont la tête retombait sur la poitrine, se redressa en sursaut.

— Ça va bien ? demanda anxieusement Jenny.

— Très bien, répondit-il d'une voix calme et parfaitement maîtrisée.

Il tâta son bras droit avec précaution. L'effet de choc était passé et il commençait à avoir un mal de chien. Il gémit et Jenny s'inquiéta aussitôt.

— Je crois que je devrais vous conduire à l'hôpital.

Il ne répondit pas et se retourna pour regarder l'enfant allongée sur le siège arrière, toujours endormie, enveloppée dans la couverture que Jenny avait rapportée du moulin.

— C'est une jolie petite gosse, dit-il.

La route devenait dangereuse, sous la pluie battante, alors que la nuit tombait, et Jenny avait besoin de toute son attention, mais quelque chose, dans la voix de Fallon, la fit se tourner un instant vers lui.

Il alluma une cigarette d'une main et se carra contre le dossier.

— J'aimerais que vous sachiez quelque chose, dit-il. Ce que Donner a dit, là-bas : que j'aimais poser des bombes partout, ce n'est pas vrai. Ces gosses du car scolaire, c'était un accident. Ils sont tombés dans une embuscade que nous avions préparée pour un blindé Saracen. C'était une erreur.

Pris d'une espèce de frénésie, il se martela le genou du poing.

— Je sais, dit Jenny. Je comprends.

— Tant mieux, c'est merveilleux, bravo. Parce que moi, je n'ai jamais compris.

La terrible souffrance dans sa voix fut plus qu'elle ne pouvaient supporter et elle concentra son attention sur la route, les larmes aux yeux.

Alors que les fidèles sortaient, Anna continua de jouer et le père Da Costa alla à la sacristie avec les enfants de chœur. Il ôta sa chasuble et les enfants se changèrent. Il les fit sortir par la porte sur le côté et leur souhaita bonne nuit à chacun.

Anna jouait toujours — quelque chose de plus puissant à présent —, ce qui signifiait que le dernier fidèle était parti. Elle sentait toujours ce moment-là. C'était de nouveau du Bach. Le morceau que Fallon avait joué. Elle s'interrompit brusquement. Le curé s'immobilisa alors qu'il enlevait son aube et il attendit, mais elle ne se remit pas à jouer. Il fronça les sourcils, ouvrit la porte de la sacristie et s'avança dans le sanctuaire.

Anna était debout à la balustrade de l'autel et Jack Meehan la tenait fermement par le bras. Le père Da Costa fit un pas, la rage au cœur, mais Bonati surgit de derrière un pilier, un Luger dans la main gauche. Le curé s'arrêta net et Meehan sourit.

— Voilà qui est mieux. Nous allons tous faire une petite ascension dans la cage, jusqu'à la passerelle. Il n'y a de la place que pour deux, alors nous devrons nous séparer. Je reste avec la fille, vous monterez avec Bonati, mon père, et rappelez-vous bien une chose. Tout ce que vous essaierez qui ne me plaira pas, le moindre faux pas, se répercutera sur le traitement réservé à la fille, alors gardez vos mains pour vous et ne jouez pas au petit soldat.

— D'accord, monsieur Meehan, répondit le prêtre. Que voulez-vous de moi ?

— Chaque chose en son temps.

Meehan poussa Anna vers le monte-charge, ouvrit la cage et la suivit à l'intérieur. Alors qu'ils commençaient à s'élever, il regarda le père Da Costa.

— N'oubliez pas ce que je vous ai dit. Alors pas d'histoires.

Da Costa attendit, de nouveau en proie à sa noire fureur meurtrière, et il lutta pour la maîtriser. Que diable voulait cet homme ? se demanda-t-il. Qu'est-ce que tout cela signifiait ? Quand le monte-charge redescendit, il s'y précipita impatiemment. Bonati entra avec lui et pressa le bouton.

La cage s'arrêta, Da Costa ouvrit immédiatement la grille et sortit. Meehan avait donné de la lumière et les planches de la passerelle, ruisselantes de pluie, brillaient dans la nuit.

Anna était debout, une main sur le garde-fou, l'air totalement désorientée. Il fit un pas vers elle mais Meehan tira un Browning de sa poche et ordonna :

— Restez où vous êtes ! Bonati ! Attache-lui les mains.

Le père Da Costa ne pouvait pas faire grand-chose, sinon obéir. Il mit ses bras dans son dos. Bonati lui serra les poignets l'un contre l'autre avec une ficelle assez fine.

— La fille, maintenant, dit Meehan.

Anna ne prononça pas un mot quand Bonati répéta l'opération. Quand il eut fini, son oncle s'approcha d'elle et lui demanda à voix basse :

— Tu vas bien ?

— Je crois... Qu'est-ce qui va nous arriver ?

— Hélas, il faut que tu poses cette question à

M. Meehan en personne. Car moi je n'en sais rien du tout.

Meehan tira sur la fermeture à glissière du fourre-tout, y plongea une main, brisa la capsule du détonateur et referma le sac qu'il alla poser négligemment d'un côté de la passerelle, dans l'ombre.

— C'est bon, mon père, je vais vous dire ce que je vais faire de vous. Je vais vous laisser ici avec votre nièce, seuls pendant un quart d'heure pour méditer. Quand je reviendrai, j'espère vous trouver d'humeur plus raisonnable. Sinon, eh bien...

— Mais je ne comprends pas ! interrompit le prêtre. Que diable comptez-vous faire ?

A ce moment, l'orgue de l'église entama les premières mesures du *Prélude et fugue en ré majeur* de Bach.

La stupeur de Meehan fut un spectacle à ne pas manquer.

— Fallon, souffla-t-il.

— Ça ne peut pas être lui ! protesta Bonati.

— Alors qui diable est-ce que j'écoute ? un fantôme qui fait de la musique ? cria Meehan dont la colère débordait comme de la lave en fusion. Va le chercher ! Amène-moi ce salaud ici ! Dis-lui que s'il ne vient pas, la fille y passera !

Bonati se dépêcha d'entrer dans la cage, claqua la grille et commença à descendre. Il était à mi-hauteur quand l'orgue se tut. La cage arriva en bas avec une secousse. Tout était soudain très silencieux. Il ouvrit la grille d'un coup de pied et sortit, le Luger au poing.

Quand la Cooper tourna dans Rockingham Street et s'arrêta en face de Saint-Nom, Fallon avait la tête appuyée contre la vitre, les yeux fermés. Jenny crut d'abord qu'il avait perdu connaissance ou tout au moins qu'il dormait, mais quand elle le toucha doucement il ouvrit immédiatement les yeux et lui sourit.

— Où sommes-nous ?

— A Saint-Nom.

Il respira profondément et se redressa.

— Bonne petite.

Il glissa une main sous son manteau et retira la grosse enveloppe qu'il lui tendit.

— Il y a près de deux mille livres là-dedans. L'argent que j'ai reçu de Jack Meehan en acompte, et durement gagné. Je n'en aurai pas besoin, là où je vais. Partez, n'importe où ; quelque part où on n'a jamais entendu parler de vous. Emmenez la gosse et redémarrez à zéro.

L'enveloppe était glissante et poissée de sang ; elle l'examina à la lueur du tableau de bord.

— Oh, mon Dieu ! s'exclama-t-elle et elle alluma le plafonnier en se tournant pour regarder Fallon. Ah, Martin ! Vous êtes couvert de sang !

— Aucune importance, dit-il et il ouvrit la portière.

Elle descendit de son côté.

— Il va vous tuer ! gémit-elle. Vous ne le connaissez pas comme je le connais. Vous n'avez aucune chance. Laissez-moi appeler la police. Laissez M. Miller s'occuper de lui !

— Dieu nous garde mais je n'ai jamais demandé de secours à un flic de ma vie, répliqua-t-il avec un petit sourire ironique et fugace. Et il est trop tard pour que je commence maintenant. Vous êtes une gentille fille, Jenny. Une fille adorable. Ça ne vous a pas atteinte, tout ça. Croyez-le toujours. Alors maintenant tirez-vous de cette vie et que Dieu vous bénisse.

Il tourna les talons et traversa la chaussée. Jenny remonta dans la Cooper et mit le moteur en marche. Il allait à sa mort, elle en était convaincue, et le besoin impérieux de le sauver était une impulsion qu'elle ne pouvait maîtriser.

Soudain résolue, elle roula jusqu'au coin, s'arrêta à la première cabine qu'elle trouva et forma le 999. Quand le standard du siège de la police répondit, elle demanda l'inspecteur principal Miller.

Il y avait encore de la lumière aux fenêtres mais l'absence de musique dérouta Fallon, jusqu'à ce qu'il lève les yeux vers le panneau et fasse la même découverte que Jack Meehan, sur les horaires des messes du samedi.

Il fut pris de panique. Mon Dieu, pensa-t-il, j'arrive trop tard !

La porte alla claquer contre le mur dans un fracas assourdissant qui se répercuta dans le silence du sanctuaire, mais l'église était vide. Il n'y avait que l'éternelle lueur rubis de la lampe du tabernacle, les cierges vacillants, la Vierge et son triste sourire, le Christ sur sa croix, là-haut au-dessus de l'autel.

Il courut dans la travée centrale et arriva au monte-charge. La cage n'y était pas. Ils étaient encore là-haut et il en éprouva une joie féroce. Il pressa le bouton pour faire descendre la cage mais il ne se passa rien. Il appuya encore, en vain. Ce qui signifiait qu'au sommet la grille était ouverte.

Pris de désespoir, il tapa du poing contre le mur. Il devait y avoir un moyen de faire descendre Meehan ! Il devait y en avoir un !

Et il y en avait un, naturellement, si merveilleusement simple qu'il rit tout haut ; sa voix réveilla des échos dans la nef alors qu'il allait monter entre les stalles du chœur.

Il s'installa à l'orgue, tira sur divers registres d'une main fébrile. Il y avait du sang sur les touches mais cela n'avait pas d'importance et il joua les premières mesures du *Prélude en ré majeur* de Bach. L'admirable musique s'enfla entre les murs, alors qu'il s'y donnait de toute son âme sans se soucier de la douleur de sa main et de son bras droits.

— Allons ! Descends, fumier ! cria-t-il tout haut. Montre-toi !

Il s'interrompit et perçut aussitôt le léger grincement de la cage qui descendait. Il se leva et passa entre les stalles tout en tirant le Ceska de sa poche pour visser sans difficulté le silencieux ; il arriva à l'endroit voulu juste au moment où la cage atteignait le rez-de-chaussée.

Fallon s'aplatit contre le mur et attendit, le Ceska braqué. La grille s'ouvrit sous un coup de pied et Bonati apparut, Luger au poing. Fallon lui tira une balle dans la main et Bonati lâcha son arme en poussant un cri aigu.

— Meehan, dit Fallon, il est là-haut ?

Bonati tremblait comme une feuille dans la tempête, totalement fou de terreur. Il essaya de parler mais ne put que hocher vigoureusement la tête.

— Parfait.

Fallon sourit et Bonati revit cette figure, une figure à terrifier le diable.

— Rentre chez toi et change de conduite.

Bonati n'eut pas besoin de se l'entendre dire deux fois. Il partit en courant dans la nef, en soutenant sa main. La porte claqua sur lui, les flammes des cierges dansèrent, le silence retomba. Fallon entra dans la cage et appuya sur le bouton de montée.

Sur la passerelle, Meehan, Anna et le père Da Costa attendaient ; la pluie tombait en fils d'argent dans la lumière jaune. La cage arriva, la grille s'ouvrit. Il faisait très noir, à l'intérieur. Meehan releva légèrement son Browning.

— Bonati ?

Fallon surgit de l'obscurité comme un spectre pâle.

— Bonsoir, fumier, dit-il.

Meehan commença à viser mais le père Da Costa, en dépit de ses mains liées, se baissa et le poussa de l'épaule vers le garde-fou, tout en lui faisant un croc-en-jambe. Meehan tomba lourdement. Le Browning tourbillonna sur la passerelle et Fallon l'envoya dans le vide d'un coup de pied.

Il se retint au garde-fou, soudain singulièrement fatigué, le bras réellement très douloureux, et fit un geste avec le Ceska.

— C'est bon. Détache-le.

Meehan obéit de mauvaise grâce et dès qu'il fut libre le prêtre détacha Anna. Il se tourna vers Fallon, la voix inquiète :

— Vous allez bien ?

Fallon gardait toute son attention fixée sur Meehan.

— La bombe ? Tu as réglé le détonateur ?

— Va te faire empaqueter, gronda Meehan.

— Une bombe ? s'étonna Da Costa.

— Oui. Est-ce qu'il avait un sac, avec lui ?

— Là-bas.

Da Costa montra le coin où le fourre-tout de toile était posé dans l'ombre.

— Bien, dit Fallon. Emmenez vite Anna et emmenez-la le plus loin possible. Si ce truc saute, toute l'église va s'écrouler comme un château de cartes.

Le prêtre n'hésita pas une seconde. Il saisit Anna par le bras et la pilota vers le monte-charge mais elle se dégagea et se retourna vers Fallon.

— Martin ! cria-t-elle en attrapant son trench-coat. Nous ne pouvons pas partir sans vous !

— La cage ne peut prendre que deux personnes. Soyez raisonnable.

Elle avait du sang sur la main, venant de la manche du trench-coat et elle la rapprocha de sa figure comme si elle essayait de la voir.

— Oh, mon Dieu, souffla-t-elle.

Son oncle lui mit un bras autour des épaules et dit à Fallon :

— Vous êtes blessé.

— Vous perdez un temps précieux.

Da Costa poussa Anna dans la cage et la suivit. Alors qu'il appuyait sur le bouton, il cria à travers les barreaux :

— Je reviendrai, Martin ! Attendez-moi.

Sa voix se perdit dans l'obscurité et Fallon sourit à Meehan.

— Toi et moi, Jack, à la fin des fins. C'est pas quelque chose, ça ? Nous pourrons aller en enfer bras dessus bras dessous.

— Tu es fou. Je ne vais pas attendre de mourir ici ! Je m'en vais me débarrasser de ce truc !

Il voulut aller vers le fourre-tout et Fallon leva le Ceska, l'air menaçant.

— J'ai de l'expérience, souviens-toi. A ce stade, ça peut sauter au moindre effleurement. Je vais te dire ce que nous allons faire, dit-il en riant. Nous allons laisser ça à Dieu. Si la cage remonte à temps, nous partons Sinon...

— Espèce de foutu cinglé malade ! hurla Meehan.

— Au fait, dit Fallon très calmement. Je viens de me souvenir que j'ai quelque chose pour toi.

Il tira de sa poche une carte blanche froissée, bordée de noir, et la tendit.

— Qu'est-ce que c'est que cette connerie ?

— Une carte Repose-en-paix, c'est comme ça que vous les appelez chez vous, non ? C'est pour Billy. Carré cinq cent quatre-vingt-deux à Pine Trees.

Meehan eut l'air d'un homme assommé.

— Tu mens.

Fallon secoua la tête.

— Je l'ai tué hier soir parce qu'il tentait de violer Anna Da Costa. Je l'ai transporté au crématoire et je l'ai fait passer par tout le processus, exactement comme tu me l'as si bien montré. La dernière fois que j'ai vu ton frère, c'était cinq livres de cendres grises, dispersées sur l'herbe mouillée.

Meehan parut s'effondrer en mille morceaux.

— Billy ! hurla-t-il et il fonça sur Fallon, tête baissée.

Fallon pressa la détente du Ceska. Il y eut un déclic sourd et puis Meehan fut sur lui, l'écrasant contre le garde-fou. Le bois se fendit, céda et Fallon bascula dans le vide. Il tomba sur la bâche étendue au-dessus du trou dans le toit et passa carrément au travers.

Meehan pivota et courut vers le fourre-tout. Alors qu'il le ramassait pour le jeter dans la nuit, la bombe explosa.

Au moment où le père Da Costa et Anna sortaient de l'église, deux voitures de police arrivaient à vive allure. Miller sauta de la première et se précipita vers eux. Au moment où il mettait le pied sur la première marche du porche, la déflagration retentit.

L'effet fut extraordinaire car toute l'église commença à s'écrouler sur elle-même, au ralenti : d'abord le clocher, les échafaudages d'acier se tordant autour, puis le toit.

Miller empoigna l'autre bras d'Anna, et le prêtre et lui l'entraînèrent en courant dans la rue. A peine étaient-ils arrivés aux voitures qu'une poutrelle d'échafaudage rebondit contre le mur de l'entrepôt, au-dessus des têtes, et tout le monde se baissa.

Da Costa fut le premier à se relever et à se retourner, les poings crispés, pour contempler son église. Tandis que la poussière retombait, il vit que la plupart des murs et le porche latéral étaient encore debout.

Un jeune agent arriva d'une des voitures de police, avec un projecteur portatif. Le père Da Costa le lui prit des mains avec simplicité et dit à Miller :

— Je retourne à l'intérieur.

Miller le retint avant qu'il fasse trois pas.

— Vous êtes fou !

— Fallon était là, répondit Da Costa. Il nous a sauvés, vous ne comprenez pas ? Il est peut-être encore en vie. Je dois le savoir.

— Fallon ? s'exclama Miller, ahuri. Dieu de Dieu, c'était Fallon !

Da Costa se hâta sur les marches du porche et poussa la porte. A l'intérieur, la scène était incroyable. Saint-Nom n'existait plus ; la fin des fins, mais c'était la tour, ou ce qu'il en restait, qui avait subi les pires dommages.

Le prêtre remonta par la travée centrale en tenant le

projecteur devant lui. Le chœur, devant l'autel, où le clocher et le toit étaient tombés ensemble, était une montagne de briques et de mortier.

Le projecteur illumina quelque chose, à l'intérieur des décombres — peut-être un visage, il n'en était pas sûr. Il semblait y avoir une espèce de tunnel. Il se mit à quatre pattes et s'y traîna sur les mains et les genoux, en tenant le projecteur devant lui.

Il trouva Fallon au fond de ce tunnel, seules la tête et les épaules dégagées. La figure du Christ en croix, le grand crucifix qui surmontait l'autel, était tombée en travers de lui pour le protéger, du moins pour le moment.

Le père Da Costa s'accroupit à côté de lui et l'immense croix fléchit un peu sous le poids qu'elle supportait ; un peu de poussière tomba sur la tête du prêtre.

— Martin ? dit-il. M'entendez-vous ?

Il perçut un grattement derrière lui et Miller arriva.

— Au nom du ciel, monsieur le curé, il faut sortir d'ici ! Tout risque de s'écrouler d'un instant à l'autre !

Da Costa ne l'écoutait pas.

— Martin ?

Fallon ouvrit les yeux.

— Vous avez réussi à faire sortir Anna ?

— Oui, oui.

— Tout va bien, alors. Je regrette. Je regrette tout.

La croix fléchit encore un peu et des pierres, des gravats cascadèrent sur le dos du prêtre ; il se pencha sur Fallon pour le protéger.

— Martin, m'entendez-vous ?

Fallon ouvrit les yeux.

— Je veux que vous fassiez votre acte de contrition. Répétez après moi : Mon Dieu, vous qui êtes infiniment bon...

— Mon Dieu, murmura Martin Fallon et il mourut.

Il y eut un long silence. Même cette masse de décombres semblait cesser de bouger. Pour une raison confuse, Miller sentit soudain que sa place n'était pas là, qu'il n'avait pas le droit d'y être. Il se retourna tant bien que mal et sortit du tunnel en rampant.

Derrière lui, le père Michael Da Costa resta à genoux, tête baissée sous ce toit précaire, et commença à prier pour l'âme de l'homme qui se faisait appeler Martin Fallon.

Table

La composition de ce livre
a été effectuée par Bussière à Saint-Amand,
l'impression et le brochage ont été effectués
sur presse CAMERON
dans les ateliers de la S.E.P.C. à Saint-Amand-Montrond (Cher)
pour les éditions Albin Michel

Achevé d'imprimer en octobre 1987
N° d'édition 9978. N° d'impression 1651-1226.
Dépôt légal : octobre 1987.